我们这一辈医学人

蔡 端　　张旦昕(特邀)　◎主 编
上海第二医学院1969届校友会◎组 编

FRANK SEE
6.2.2018

上海交通大学出版社
SHANGHAI JIAO TONG UNIVERSITY PRESS

内 容 提 要

20 世纪 60 年代初,一群年轻人考进了上海第二医学院,接受精英教育,成为当时人们眼中的天之骄子。几十年来,他们认真学医,勤恳行医,辛苦救人,清白做人,期间有属于他们的难忘记忆及旁人难以体会的情怀和心声。本书是对昨天的回忆,倾吐了堆积几十年的心声,同时也展现了这一辈医学人的快乐今天和灿烂明天。

图书在版编目(CIP)数据

我们这一辈医学人/上海第二医学院 1969 届校友会组编.
—上海:上海交通大学出版社,2018
　　ISBN 978-7-313-18627-0

　　Ⅰ.①我... Ⅱ.①上... Ⅲ.①回忆录—作品集
—中国—当代 Ⅳ.①I251

中国版本图书馆 CIP 数据核字(2017)第 329486 号

我们这一辈医学人

组　　编:上海第二医学院 1969 届校友会			
出版发行:上海交通大学出版社	地　　址:上海市番禺路 951 号		
邮政编码:200030	电　　话:021-64071208		
出 版 人:谈　毅			
印　　制:上海景条印刷有限公司	经　　销:全国新华书店		
开　　本:710mm×1000mm　1/16	印　　张:12.25		
字　　数:178 千字	插　　页:12		
版　　次:2018 年 4 月第 1 版	印　　次:2018 年 4 月第 1 次印刷		
书　　号:ISBN 978-7-313-18627-0/ Ⅰ			
定　　价:58.00 元			

版权所有　侵权必究
告读者:如发现本书有印装质量问题请与印刷厂质量科联系
联系电话:021-59815625

编　委　会

致　　谢

期盼已久的《我们这一辈医学人》终于与读者见面了，本书由二医 69 届校友分会组织编写，并由 69 届的一位校友全额资助出版，在此衷心感谢这位不愿透露姓名的校友！

我们同时也要感谢学校校友会办公室主任刘晶晶和王怡韫、余玲珍等老师给予的指导和帮助，更要感谢各位作者的踊跃投稿和积极参与，我们还要感谢为本书出版而作出重要贡献的幕后英雄，如童新辉、蔡映云、夏人霖等同学以及所有关心和支持本书出版的 69 届广大校友！

最后，我们希望校友们继续赐稿，尤其是未曾在本书露脸的校友，请将你们在几十年医学人生中的感悟与体验转化为文字并分享给大家，我们期待着能出版续集，这也是广大校友的共同愿望。

序

　　这是一本写给我们自己看的书,值得推荐给愿意了解那个时代、愿意了解我们这一辈人情怀的人读一读。这既是一本以"回忆"为主线的杂记,但又不限于回忆,还包含我们交流"享受今天"的愉快,以及对"明天会更美好"的憧憬。

　　本书的发动始于我们大学毕业40周年之际,当时69届校友会组织编写和录制了记录我们从入学到毕业后几十年人生经历的视频,取名"我们走过的路"。此后大家意犹未尽,觉得有必要用文字的形式,表达我们这一辈人的难忘岁月和心路历程。于是校友会组织同学撰写回忆文章。先后有十多位同学积极响应并投稿,应征作品陆续发表在二医大校友会编辑出版的《校友之声》上。2016年10月,69届校友会决定把上述材料汇集成册,并通过微信开展"大家来写书"的征稿活动,号召大家继续写稿。终于收集到足够丰富的内容,达到了书籍出版的基本要求。

　　我们这一辈人出生在抗日战争胜利前后,迄今都已过"古稀"之年。20世纪60年代初,我们一起考入上海第二医学院,成为当时人们眼中的"天之骄子"。继而几十年来,我们认认真真学医、勤勤恳恳行医、辛辛苦苦救人、清清白白做人。我们这一辈人,我们这一辈子有属于我们自己难以忘怀的记忆,有属于我们自己的"欲说还休",也有旁人难以体会的情怀和心声。那就让我们在这里说一说对昨天的回忆,回忆昨天走过的路、经历过的事和我们的情感;吐一吐堆积了数十年的心声;也看一看我们快乐的今天和灿烂的明天……

　　确实,记忆是一份珍藏在心底的财富。虽然已是年过古稀,离开我们亲爱的母校已近50年,但是当我们打开记忆的闸门,回忆那些温馨、难忘、珍贵、美好抑或带有些许苦涩或遗憾的往事,回忆这辈子独特的人生经历,激动的心情依然久久难以平静!曾经风华正茂的我们,饱经沧桑的历练,孜孜不倦的求索,坚定执着的追求,坚韧不拔的意志,谱写了我们这代人风格迥异的多彩人生!本书刊登了20余篇原上海第二医学院 69 届医疗系、儿科系、口腔系校友（也包含个别其他年级校友）的回忆选录，选题广泛、体裁多样，有叙事、有抒情、有诗歌、有杂文。文字简洁流畅，语言优美。其中有对坐落在市中心重庆南路和幽静的思南路之间的那所别具特色而又令人骄傲的上海二医校园生活的留恋；有毕业后奔赴祖国边陲、大西北、大西南农村以及军垦农场的艰苦磨炼；有恢复高考制度后刻苦学习报考研究生的亲身经历；也有改革开放后跨出国门深造、创业而又无时无刻不对祖国的思念；有对白衣天使在祖国和人民最需要时刻——抗击 SARS、抗洪、抗震、抗灾，在最危险的地方，前赴后继、不遗余力地用生命和健康捍卫着人民健康的动人事迹的讴歌……本书篇篇文章皆出自作者的亲身经历，情感真实动人，甚至催人泪下。这些往事的记忆、心得的交流跃然纸上，重现眼前，不失为见证时代与个人的历程、增进同学情谊、传承母校"进取、求实、勤奋、创新"精神的载体和激励后辈晚生奋进的宝贵财富。此外，除了回忆文章，本书还收录了部分校友的书法、篆刻、绘画（油画、国画）作品，显示了校友们的精神追求和艺术才华。

2005 年，原上海第二医科大学（前身是上海第二医学院）更名为上海交通大学医学院，当年的学子们如今均已两鬓斑白，然而依然初心不改。不改对医学事业的那份忠诚，无悔于充满奉献精神职业的选择，不忘同学间深厚的情谊，更不忘对培育我们的母校、老师们深深地感激和挚爱！

我们是有责任、有担当、有情义、有胆略的一代人，是不畏艰险、勇于挑战的一代人。往昔我们是火红的朝阳，如今我们是绚丽的夕阳，我们曾经的努力和付出令我们同样自豪，曾经经历的成功和挫败中的崛起同样是辉煌人生的重要组成！让我们依然保存着那么多美好的回忆，保存着那份最真诚的快乐，那份最纯洁的友谊，那份执着的坚毅和不老的童心！"老骥伏枥"的我们必将谱写更美好、更幸福的篇章！

这是一本写给我们这一辈人自己看的书，也值得推荐给我们的孩子们读一读。是为序。

蔡端　童新辉

2017 年 10 月

目　　录

往昔岁月

青春岁月的那一抹彩虹

——母校击剑队往事回想

程伟民

　　别离母校"上海第二医学院"已近半个世纪了。50年间，母校曾更名为"上海第二医科大学"，后又改名为"上海交通大学医学院"。母校哺育，恩泽一生。年逾古稀，仍思念不绝。然每每忆及母校时，在心坎上、思念中复活过来的仍然是"上海第二医学院"，这个与吾辈相沐与共六年的爱称，此情永生。

　　忆二医，常忆及本人参加过的二医击剑队和众剑友。思念之渴引致旧雨重逢，盛会几许，云蒸霞蔚，感慨万千。去岁十月，来自海内外五湖四海的部分剑友欣聚姑苏，在海阔天空叙旧之余，众剑友同心一愿：应该把对二医击剑队的美好回忆

训练时的英姿（1962年摄）

化作文字记录，也算是作为上海第二医学院的一段小史，留个念想，更是众剑友难以忘怀的青春岁月中那一抹绚丽的人生彩虹。

　　此后，剑友们众志成城，行动了起来：昔日刻苦训练力战群英夺冠的

3

美好回忆、趣事逸闻；翻箱倒柜搜寻出来的泛黄旧照；孜孜不倦、苦思穷索得来的历届剑友的名单纷至沓来，涌进了以66届医疗系陈文涛同学为群主的剑友微信群。更有几位电信好手，将能搜集到的剑友们当年的"青春照"和今天的"夕阳照"并列展示，让人仿佛觉得父子或母女两代携手而来……于是，"上海第二医学院击剑队"的前世今生渐渐地清晰起来。

1959年和1960年9月，上海二医新入学的学生先后迎来了三位颇为特殊的同学，他们就是刚从上海市击剑运动队退役、考入二医的顾乃康、金励冰和蔡志秀。其中，顾乃康同学技冠群雄，曾在上海市击剑冠军赛中荣获男子轻剑（现称花剑）冠军。他们的到来，引起了当时院领导的高度重视和关心。乘此东风，由院团委和学生会牵头，在领导的支持下，在顾乃康等同学的努力下，成立了"上海第二医学院击剑队"。顾乃康任队长；体育教研组教师，毕业于北京体育学院击剑系的朱永炘老师任教练。当时吸收的元老级队员大多来自59级（64届）医疗系的同学。

到了60级新生入校后（当年二医将学制改为六年制，故60级后被称为六六届——笔者注），击剑队又吸收了一批新队员，使刚组建不久的队伍逐渐壮大。学院及院体育教研组更予以全力支持，在各系成立击剑训练班。击剑队员每周晨练三次。体育课时，训练班同学则以击剑训练为主。从1961年至1963年的每年暑期，还安排留校集训两周。炎炎酷暑中，队员们在东院的操场跑步，提高体能；在长廊拉弓箭步，加强基本功；练防守、冲刺……严格的训练提高了队员的技巧和体能。

击剑队除了训练和比赛外，为积极响应国家"发展体育运动，增强人民体质"的号召，也经常下基层去指导和表演。尤其在中学表演时，那些中学生对击剑运动既好奇又仰慕。当年恰逢不少境外影片在影院公映，法国名演员席拉·菲利浦在《勇士奇遇》里扮演的郁金香芳芳，英武潇洒，挥舞着花剑。那些剑客铿锵的斗剑场面引人入胜，中学生们十分向往。花剑是既可刺又可劈的剑种，因此它的肢体动作十分舒展与夸张，再则表演时可不受场地限制，运动员进退自如，一会儿跳上台阶，一会又在乒乓台上鏖战，大有侠士风范。青少年同学们总是瞪大眼睛、张大嘴，直呼过瘾，掌声不止。岂知这都是我们这些老大哥预先练就的套路动作，要真是在比赛时也这般模样，那却是万万不可的。

　　说到比赛，那真的与表演是两码事了，动作十分规范与拘谨，因为要求的结果不一样：后者只图好看、够刺激，而比赛涉及名次及荣誉，来不得半点花哨。五剑决胜负，常常几秒钟决一剑，几分钟决一局。场上谁主动谁就占便宜。因为比赛规则偏爱积极主动进攻方，由此我们行内人就称之为"一枪头"。这样就在一定程度上缺失了一些观赏性。真正懂行的人特别欣赏打"防守反击"的技术型选手，一剑有几个回合，打出了水平，体现出风雅，煞是好看。一场比赛下来，最要紧的是马上脱下防护钢帽，解开防护棉背心，只见汗流浃背、热气直冒。训练和比赛是辛苦的，这时才能真正体验到优异的成绩是汗水浇灌而成的。不管是比赛还是表演，自始至终都贯穿剑客侠士的不凡气场：边线进场，左臂挟钢帽，右手持剑柄，侧身面对手，持举剑，向左、右、中致剑礼。半个侧身弓箭步把式，比赛开始。光看这前缀举剑致礼，就给人以侠义刚正、风范不俗的愉悦感觉。

　　当年，上海高校中先后成立击剑队的还有上海第一医学院、上海铁道医学院、华东化工学院、上海外国语学院、上海戏剧学院、上海师范学院、华东纺织工学院及上海体育学院八个队。"上海二医击剑队"的击剑水平在上海高等院校中，始终技压群雄、独占鳌头，而且是唯一能与诸如上海市队、虹口区体校队两家专业击剑队抗衡并一争高下的业余队。是时队之强盛，竟能引得全国劲旅江苏省击剑队也来到我院进行指导、交流、比赛，这在当时上海高校中是绝无仅有的光荣。全国和亚洲重剑冠军陈静析先生还义务担任上海二医击剑队的编外指导，使击剑队的总体水平获得长足提高，以致在市里举办的各种比赛中均能取得满意的成绩。

1962年至1964年间，上海市前后一共举行了三届高校击剑锦标赛。每届的4项比赛（当时设男子轻剑、重剑、佩剑和女子轻剑），"上海二医击剑队"常常能获得其中3项冠军，甚至包揽4项冠军；至于亚军、季军犹如囊中探物更不在话下。二医击剑队作为高校重点队，不辱使命，为高校、为二医争得了许多荣誉，成为上海二医学生体育运动史上的一颗璀璨的明珠。值得称道的是队员顾乃康、葛晓川、何国祥、吴光华、林建国、杜福珍等均是屡屡上榜闻名遐迩的高手，多次荣登高校冠军的宝座。除顾乃康曾名冠全市外，吴光华也曾获得上海市花剑亚军。

上海二医击剑队首任队长为顾乃康（64届），第二任队长为陈文涛（66届），第三任队长为孔德汶（68届），第四任（最后一任）队长为杜宽航（69届）。

随着66、67届先后进入后期临床学习阶段，大部分主力渐渐隐退。以孔德汶、杜宽航为第三、四任队长的剑友们，仍坚持着日常的训练。但是，随着当时社会环境的变化，比赛日稀，成绩乏善可陈。当"文化大革命"席卷全国之时，被贴上"崇洋媚外""西方资产阶级文化产物"标签的击剑运动从此销声匿迹。上海二医击剑队终究逃脱不了"寿终正寝"的厄运。随着破旧立新、"全面停课闹革命"的海啸袭来，击剑队便曲终人散，成了一段令人难以忘怀的历史。

行笔至此，令我们不能忘怀的是当年医学院的老领导（当时称"院首长"），若没有他们的慧眼与胆识，击剑运动在高校是不可能顺利开展的。若没有他们的关怀与支持，花费高昂而被称为"贵族运动"的击剑运动在二医也是难以为继的。在连轻音乐也被视为靡靡之音的年代，开展击剑运动，院领导随时会受到种种莫名的压力，但他们没有顾虑，依然给予全力支持。在暑期集训时，院党委书记兼院长关子展、副书记刘涌波和宋文生等亲临训练现场，并与众剑友同学合影，表示极大的关怀。击剑运动的器材、服装配备十分昂贵。如当年一个篮球仅需人民币8元，但一根剑条则要8～10元。一场比赛击断几根剑条是极为常见的。至于特制的击剑面罩、剑盘、手套和击剑服则更是昂贵。但在医学院领导和体育教研组的全力运作下，资金得到了保证。20世纪60年代初，正值"三年自然灾害"时期，社会上因营养不良所致浮肿病屡见不鲜。考虑到击剑项目的运动量大，院领导对击剑队员关爱有加，为我们增加营养并补贴粮食定额，以保证一周三练及暑期特训。此举持续了6年之久，直至"十年浩劫"开始。当击剑队的训练活动成为学校接待法语系国家青年及学生访华代表团展示项目时，满头银发的倪葆春副院长多次为击剑队担任法文翻译。我们怀念和感恩这些老领导、老教师陪伴我们走过了青春年代。有一位领导说过这样的话："如果学生学习好之外，还能在体育方面崭露头角，那毕业后必是有用之才！因为竞技体育能够培养学生坚毅沉稳、努力刻苦、积极上进以及团队协作的精神。"这说出了老领导们的育人思路。果不其然，我们击剑队同学不负师尊之望，毕业后大多成了医界栋梁！

以下是笔者和众剑友回忆收集的各届击剑队校友名单（可能有遗漏）：

顾乃康、金励冰、蔡志秀、张皙、何国祥、葛晓川、胡锡琪、孙弘菲、桑剑星、毛震廷、席浩波、吴光华、陈文涛、林建国、曹鼎方、吴荣荣、杨宜君、杨宜屏、周安晋、杜福珍、柴承康、毛北希、夏裕珍、刘重钧、孔德汶、李道稔、杨伟宗、张森、陈保有、张安东、许邦慈、朱黎颉、刘国明、杨一心、戎恩光、张小丽、范思昌、杜宽航、童新辉、朱佩娟、俞佩蓓、周令芳、钱杏芬、李荣民、张启菁、程伟民、陈毓庆、林毅、管咏春、方大雄、龚鼎铨、王一春、陆锡聪、林泰、朱琪、吴靖川、傅爱珍、王德寅。

五十年光阴，弹指而过。盛会几许，光阴不再。母校恩泽，永志不忘。剑友情谊,常得梦回。剑锋砥砺出,梅香苦寒来。人生如此,世事皆亦这般。从学生至职场,从为人子、为人女到为人父、为人母,从上海至天南地北、大洋彼岸,虽然天各一方,但仍情系心连;在众剑友们心中那朵梅花依然绽放和芳香,不曾凋谢。剑锋还是犀利,夕阳依然火红! 每当我抬头看到明月的时候,心想一定会有许多剑友与我一起低头思忆起我们在"上海二医击剑队"那美好的青春年华。我常如此思念着!

(本文曾以笔名"关思谊"在上海交通大学医学院《校友之声》刊登)

二医东大门

校党委书记关子展接见队员

程伟民（前排右一）及队友与市队教练合影

男剑友们

获胜的喜悦

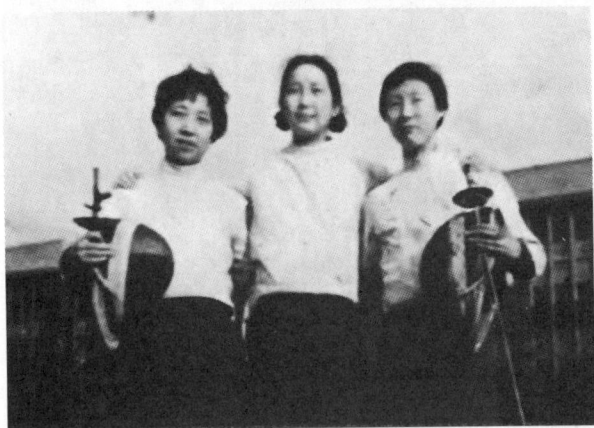

三剑客

我们的击剑队

东院长廊

瘦硕有神　圆润洁净

——小记同学夏人霖

童新辉

夏人霖同学 1970 年二医毕业后前往新疆，1982 年在新疆医学院获生理学硕士。1985 年"因私"出国留学。他在广州中医学院（部属院校）担任教师时，自知出国留学有可能留在美国，因此在 1983 年至 1985 年期间，三次婉绝了由国家教育部、卫生部以及世界银行选送的"公派"名额。

童新辉

1990 年，在美国 RUSH 大学医学院获药理学硕士学位。1996 年考出美国麻醉科医师执业牌照，在芝加哥行医至今二十余年。

除了专业，夏人霖的业余生活也过得有声有色。他喜爱音乐、绘画、书法，并在金石篆刻方面取得了一些成就。

夏人霖于 1964 年开始学习金石篆刻，而后成为中国书法家协会会员。1978 年起他的篆刻作品曾多次在中国一些报刊上发表。获得了不少荣誉，其中《祖国万岁》1979 年入选第一届全国书法展；《春回大地》《花发江边》《相思又一年》和《革新声中春早》四枚印章获得 1986 年中国中青年书法赛篆刻金杯奖。

2007 年 8 月，（香港）中国书画出版社出版了《夏人霖篆刻集》，其中收集了他近 200 件作品。在该篆刻集的序言中，海外中山学社社长韦玉华教授称他的作品："瘦硕有神、圆润洁净"。

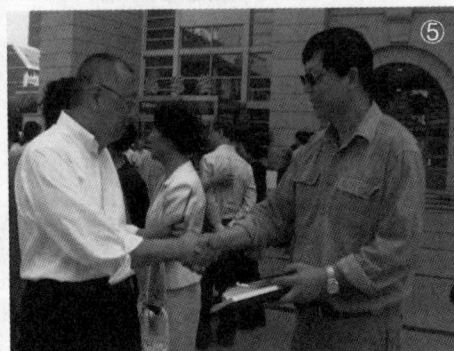

① 夏人霖（左）母亲（中）和儿子（右）
（2017年9月）

② 夏人霖与夫人（右）及女儿（中）
（2017年9月）

③ 夏人霖父母结婚照（1940年上海）

④ 李钟桂女士（右）与夏人霖
（2017年3月）

⑤ 童新辉（右）与夏人霖在母校重逢

夏人霖在治印中

风云

夏人霖

祖国万岁

心迹双清

花发江边

往事如烟　无怨无悔

——甘肃十年回忆片断

曹承吉

　　毕业分配之际，无意间翻到了甘肃省地图。当时只是好奇，未加深思，一翻而过，想不到日后我竟然与她结下了不解之缘，在那里我度过了10年的青春年华。

奔 向 民 勤

　　1970年5月间，毕业分配的消息已在同学间传得沸沸扬扬。一天下午，在母校老红楼四楼图书馆的阅览室里，我翻阅着全国分省地图，无意间翻到了甘肃省地图。在河西走廊北侧与内蒙古及蒙古人民共和国的接壤处看到了一大片布满黑点的

曹承吉

区域，上面写着"腾格里大沙漠"。当时只是好奇，未加深思，一翻而过，想不到日后我竟然与她结下了不解之缘，在那里我度过了10年的青春年华。

　　我接到了去武威工作的通知后，于8月15日踏上北上的53次列车，来到"武威地区革命委员会"接受分配。可能是我来晚了，武威及附近的各县已无余额，只剩下"民勤县"，一个位于腾格里大沙漠中的绿洲。事前，我对武威各县的状况从未了解过，但更重要的是，来甘肃之前，我一

直抱着"到缺医少药的地方去"的宗旨,去实现毛主席"6·26"指示的信念,所以去民勤没有一点犹豫。

历险黑风暴

近年来,电视、报刊、网上对沙尘暴常有报道,黑风暴则少见于报端。民勤是黑风暴的发源地之一。黑风暴是沙尘暴的极端形式,在民勤可以称得上是"家常便饭"了。

1970年9月的一天中午,我与社员一起下工后到农民家吃饭,饭后大约12点左右,一出门口,发现右侧天空升起了黑色蘑菇云似的云团,不断翻滚着向上升腾,并向我们这儿滚滚而来。老农见状,劝我说,你不要走了,外面危险。我并没有预计到事情的严重性,更何况我的住处就在200米开外,认为肯定能在风刮之前到。老农见我听不进去,就反复叮嘱我小心,并给我一把手电筒。"中午12点还要用手电筒"?虽心存疑虑,但看到老农认真的模样,便顺手拿了过来,向住处奔去。仅数分钟,眼前的天空已变成红黑色,我还没有走出几十米,周围已黑暗一片,伸手不见五指。这时才想起老伯给的手电筒,暗淡的手电光照不到足背,毫无用处。继续走、还是不走?我十分自信自己的定向力,我想用不了十几分钟,我一定可以摸到住处的。但十几分钟过去了,没有看到房子,二十多分钟过去了,还是不见院门。我开始害怕了,走错方向了?不敢否定,院门右侧200米就是沙漠,如果走错方向进了沙漠,那就没有回来的一天。虽有些害怕,但不惊慌,向前走找不到目标,就原路返回。又走了十多分钟,仍然看不见,再返回走,不知走了多少个来回。走累了,蹲下来休息一下,不过十几分钟,沙子已埋到小腿,只好拔出来再走。口干、疲劳、满头满脸的沙子,头发根里钻满了沙子,眼窝、鼻唇沟、耳廓甚至外耳道里都钻满了沙子。如果它不停下来,能活着走出黑风暴真可谓是一个奇迹!

晚上9点30分,黑风暴停下来了。神奇的是,我当时的位置仅仅就在住处5米远的地方。5米的距离在黑风暴中是不可能看得到的,镇静和准确的定向力使我反复在这路上徘徊无数个来回而没有走进沙漠。后来听气象站的气象员说,黑风暴发生时,风力在11级以上,它卷起了大量沙子升上几千米高空,把太阳遮得密不透光,能见度为0。许多牲畜、小孩甚至大人都会因此而死亡,有的走进了沙漠,因体力不支被沙子掩埋。著名科学家彭加木在罗布泊考察,因找水途中遇沙尘暴(还不是黑风暴),迷失未归。

历险黑风暴的遭遇至今回想起来仍令人毛骨悚然……

初 试 牛 刀

1971年8月15日,我在"甘肃省农村毛泽东思想宣传队"锻炼一年后,正式分配到离民勤县城西南40里的薛百公社卫生院工作。

薛百公社卫生院是甘肃省的卫生先进集体。卫生院是新建的,大约6间门面的大四合院,门口有一条大道直通民武公路。四合院中间一块大约2分地的菜园子,茄子、辣子、大蒜,郁郁葱葱。左右两边四间房是员工的单身宿舍及办公室。出四合院后门是厨房,门前一口水井及一片长满菠菜的小园子。菠菜约2尺来高,沙漠中土质都是沙土,只要有水和肥,蔬菜长得比上海高好几倍。在我们报到前,共有5个工作人员,正副院长兼医生各一名、一名药剂师和一名个仓库管理兼护士工作,还有一个心高气傲能开小刀的医生,全都是"赤脚医生"出身。

来到卫生院不久,周边村民听说来了两位上海的大学生医生,而且长得比庆丰农场的知青(天津下来的)还帅气漂亮,纷纷前来探奇。休整没几天,考验就来了。一天中午时分,一对年轻夫妇抱着一个孩子,急急匆匆冲进四合院,一边走,一边叫着"许院长,许院长,孩子不行了!"许院长一看病情严重,二话不说,招呼我们前来诊治,一下子把我们逼上梁山。我们69届学生还是见过世面的，但是一看到孩子脸色青紫、手足冰凉，心里还是一阵紧张。在院长面前我不露声色，向家长探求起因。家长轻轻地把托在小孩臀部上的手移开，只见带脓血的黏液从手中直掉下来。原来孩子拉脓血便已有两天，今天发现孩子脸色青紫、手足冰凉，才觉得病情严重，赶紧来求医。我急忙招呼他们来到门诊诊察桌上，顿时桌子上又是一泡脓血便。沙漠中的农民从不用便纸，大便后随手用土块或沙子擦干肛门口完事，所以，孩子母亲立即到门外用手捧了一捧沙土，把桌子上脓血便盖住，又连粪带沙子捧到外面，随手一丢，再捧一把沙子垫在桌子上，两手一拍，身上一擦，又去抱孩子去了。看到如此作为，我与夫人目瞪口呆。看病要紧，也顾不得这些了。孩子呼吸急促，脉搏不清，血压是零。想不到我们工作的第一个病人就是中毒性痢疾。我夫人虽是儿科系毕业生，但比我低了两届，只能指望我了。我也只好"打肿脸充胖子"，命令药剂师兼护士的小刘先挂上输液，加入抗生素及升压药去甲肾上腺素。小刘平时经常给小孩输液，穿刺技术不错，一针见血。我们两个大学生找了两张凳子，守在孩子身边。我心里默默地说着："只许成功不许失败"。半个小时过去了，血压可以听到了，只在30 mmHg上听到两次声响。看到病人有反应，觉得有希望。加快滴速，加大去甲肾上腺素浓度，血压爬到50 mmHg/30 mmHg后又不见动静了。这时我借故离开了病人，来到宿舍寻求对策，翻阅急诊内科手册、实用儿科、内科杂志，让夫人继续守在病孩身边。文献记述，如果血管对血管活性物质反应低下，可以用激素来激活，办法终于有了！在激素的配合下，去甲肾上腺素的升压疗效明显提高。血压上升到90 mmHg/60 mmHg，孩子的脸色红润了，呼吸平稳了。大量脓血便的排出减少了孩子的中毒症状，抗生素的应用、水电解质的补充使孩子的病情逐渐稳定，第一例救治毒痢疾宣告成功！

沙漠中的卫生条件及生活习惯现代人是无法想象的。按理说，如此干燥的气候不利于痢疾生长传染，但痢疾大便的随意丢弃、没有洗手条件和习惯，很容易使痢疾传染到每家每户。毒痢疾不断蔓延，而后每1～2天就会送来一名传染者。8～9月的2个月里，我们先后抢救了28例毒痢疾病例。

在那段时间里，我们一边抢救病孩，一边看书、看资料指导用药，在"战争中学习战争"。我们夜以继日地轮流守护每一个孩子，观察着每一个孩子的病情变化，根据每一种药物的反应及时调整剂量，直到病儿安全脱险。28例中有以呼吸衰竭为主的，有以循环衰竭为主的，有中枢衰竭的，有混合表现型的。通过认真仔细地实践观察，我们对呼吸兴奋剂、升压药、阿托品、利尿剂、激素的应用有了更感性的体会。28例毒痢疾竟然无一例死亡，说来让人无法相信。这归功于"认真、仔细、不离不弃"的工作态度。第二年回上海时，我们把28个病例写成的文章递到新华医院传染病顾友梅教授手中时，她感叹不已。因为新华医院儿科每年收治的毒痢疾病例不超过10例。

"全科医生"是怎样炼成的

1971年，我被分配到总共只有5名赤脚医生的民勤县薛百卫生院，在我不知情的情况下被写入了"院领导小组"成员名单，一共7个人，三位是领导成员。随后就把我作为重点培养人员，1972年初被送往金川有色冶金公司886厂职工医院进修外科。

矿工职工医院外科工伤很多，脑外伤更多，一年半的进修除了普外科之外，一半时间在学脑外科的抢救。进修结束之后，除了阑尾、疝气、肠梗阻、肠切除吻合术、胃穿孔修补外，硬脑膜外血肿的处理也是不在话下。也可能是因为我与夫人在卫生院表现突出，进修一结束，一纸调令把我们调往县医院。报到后让我去了内儿科病房工作。内科是我的强项，就学期间，我就十分喜欢在瑞金医院内科病理讨论时，悄悄坐在角落里津津有味地倾听各大医院教授的病例分析,然后细细品味、慢慢消化,每次均收获极大。在所谓"复课闹革命"时,我用小科的实习时间与其他同学换内科实习时间,所以当一名内科医生我是十分投入的。

当时县医院的内科和儿科混在一起(称为内儿科),儿内科的病人亦是要管的。反正同是一个内科,只不过应该掌握儿科的疾病特点、用药剂量按体重计算,控制电解质平衡,这些亦不难。当时在县医院工作的北京医疗队朝阳医院的一位内科女主治医师带领查房,我真是如鱼得水,她手把手教我内科基本功,如何触摸肝脏,如何体会肝脏的质地与肝受损程度的关系,如何听诊心脏、肺脏,尽管在学校实习时都学过,但不如这位医生手把手结合病人教学的体会深刻。那时,县医院外科医生一共2名,经常有事在外,这时他们会让我上台帮一把,主刀亦好、助手亦罢,我一叫就到。突然有一天,院领导说,要我去学麻醉,可能麻醉也需要一个"帮辅"?原因不知,学就学吧!举办麻醉学习班的是北京医疗队协和医院麻醉科赵俊主任,中国著名的麻醉专家。学习班办在河西堡地区人民医院。赵俊教授十分严格,4个月的学习班,普外科、心血管内科、呼吸内科、病理生理,与麻醉有关的基础知识都有较深的涉及,那是一位麻醉医师必须具备的基本功。"文革"流行"战争中学习战争",基础课一上完,手术室观摩1～2次就手把手操作,从腰麻、硬膜外麻醉到乙醚滴入插管等。2个月后,学习班8个同学先后都独立承担了腰麻、硬膜外麻醉、乙醚麻醉,当然每次单独操作时,赵俊老师都在场把关。回医院后麻醉亦属于我帮辅的工作之一。不久又参加了由北京积水潭医院(在武威地区医院)举办的烧伤学习班。学习班结束回民勤后,正好遇一名纵火罪犯,纵火后自焚,全身40%以上面积深2度以上烧伤,医院立即组成一个烧伤抢救小组,按县委指示,救治后公审。我是小组责任医生,配2名护士。责任虽大,但那时亦不感到有多大压力,按常规清创、补液、抗菌,病人顺利渡过休克期、感染期,进入恢复期。记得我还在犯人身上进行了"植皮"治疗，取得了成功。这些机会都给了我一次次成功的实践。

民勤县没有五官科，我再次接到通知，去参加北京五官科医院举办的五官科学习班，为期 3 个月，地点在武威地区人民医院。薄薄的一本《耳鼻咽喉学》，讲课加自学，一个星期已经见底。上完理论课，就带我们去阿拉善右旗（戈壁中的蒙古族小县城）。看老师演示两个扁桃体切除术后，就让我们独立操作，当然老师在旁把关。2 个月的巡回手术结束后，大家对扁桃体手术、上颌窦穿刺已无困难，学习班结束回到民勤，我的工作无大变化，仍在内儿科病房，只不过增加了每周一个上午的五官科门诊，民勤独此一家，生意兴旺，不仅仅是耳朵、鼻子、扁桃体疾病、拔牙，连兔唇的亦都要求治疗。在当初医疗环境下，只要你敢做、敢学、认真做，没有不成功的。我不仅同时开展了拔牙术，还开展了兔唇修补术，引以为豪的是，兔唇修补越做越漂亮。这可不是北京医生教的，是我自学成材的。

在医院里我可是个大大的忙人，上午在内科病房查房，看内、儿科病人。需要时上台做手术，或台下做腰麻、硬膜外麻醉、乙醚滴入。每周有一个上午在五官科门诊，行鼻窦穿刺、拔牙，下午有手术就去摘扁桃体、修补兔唇。当然我的重点仍在内科，而儿科、外科、麻醉科、五官科、口腔科仅仅是我的业余爱好。1974 年 3 月，医院派我和 2 名护士组成了计划生育小分队去一个生产大队搞计划生育。实际上就是为妇女结扎，因此不知不觉间又涉及了妇科领域。那时我并未做过结扎，但这可是政治任务。在生产大队，找个干净一点的房间，房内顶部用二层白布拉起帐篷，防止灰尘落下来，一个长桌子用消毒水洗干净、铺上床单，成了手术台。用小高压锅消毒手术器械后手术就开始了。第一台手术还真的将了我一军。没有经验，切口太高，用圆钳夹输卵管总是滑脱，把我搞得满头大汗，花了整整 45 分钟。第二个手术，我接受了教训，切口低一点，30 分钟结束手术。等做到 10 例以上，我已总结出经验，切口要低，一刀下去，剪开腹膜,正好在膀胱返折上方,输卵管就在左右两边,10分钟解决问题。后来我又改进了切口,皮肤切口小一点,一针可以缝好;腹膜切口稍大一点。这么一来深受病人欢迎,她们排着队上,我一个月做了300多例,其中还做了N个卵巢囊肿,后来被评上了地区计划生育先进工作者。

1976年5月,在蔡映云同学的帮助下,我又参加了省心血管内科学习班。开始了一年零三个月系统且较高水平的专科学习,从此走上了心血管内科专科医生之路。1985年在江苏盱眙再次参加卫生部举办的心血管高级专科医师学习班,为期一年,使我的专科水平更上一层楼。

回顾我在腾格里沙漠10年的成长之路,实际上也是我全科医生的实践之路,虽然艰苦,但我无怨无悔,那是我一笔巨大的宝贵财富。

腾格里沙漠的全科医生

曹承吉(前排右)与夫人(前排左)及
同事在民勤县医院家门口的合影

岁月留痕　青春永恒

——兼忆新疆生活片断

黄　平

　　1970年8月,随着一声汽笛长鸣,我和70届校友黄中新离开上海,前面等待我们的是什么? 我们的将来会是怎样? 真的全然不知。现在,回头看去,才知道这一声汽笛对我们的一生意味着什么。

农场接受"再教育"

　　到了新疆后收到家信,当得知在火车开出后,来送我们的年迈老父亲,刚走出月台便不小心摔了一跤。顿时,我脑海中出现了朱自清《背影》中那位父亲的身影,而不由自主地涌出的是思念亲人和家乡的热泪。

黄平在办公室

　　与我同车赴疆的69届校友共有十几个,分配到新疆的毕业生,在乌鲁木齐报到后,便又被安排到不同的解放军农场接受"再教育"。与我到达同一个农场的除黄中新以外,69届的校友还有李诗令、马慧玲、李荣民、夏人霖、徐庸定、陈诗经、过一敏和张世玲等。我们的农场在伊犁哈萨克自治州新源县一个叫"则克台"的地方,位于风景秀美的伊犁河边的巩乃斯大草原。来自全国各地大专院校的400多名各种专业的毕业生编成4个连队,从连长、指导员、排长到司务长全部是现役军人,只有班长由学生担任。我们基本上被视为"改造对象",干的全是力气活,如打土坯、割芦苇、盖房子、修水渠。我们过的是部队生活,整天除了繁重的劳动,还要出早操、夜点名、步行拉练等。不但远离了自己学习的专业,而且承受了超强的体力负担,接受着"再教育"。

农场的地域广大,开始没有房子,男生连队与女生连队相距十多公里,有一次我们连里有个任务要去女生连队拉东西,我想正好去女生连队看看黄中新,李诗令也想去看看马慧玲,我们两人便主动接受了任务,去时拉了个空板车走了十多公里已经很累了,到回程时又装了满满一车东西,两个上海书生费尽全身力气,拉了几个小时怎么也回不到连队,又累又饿的我俩眼看天越来越黑,茫茫戈壁见不到一个人。现在有时回想起来,还能记得那种刻骨铭心的"后怕"。最后是连里派人来接我们,才算渡过难关。很久以后,常常会想起那个可怕的日子。

在农场"受教育"期间,大学生的生命安全有时也没有保障,这当然主要是学生自我保护意识不强。有一次用拖拉机运芦苇,一位来自上海第一医学院姓贝的毕业生,站在拖拉机的拖车前面靠司机身后的位置,不知怎么的一不小心,姓贝的同学于众目睽睽下从车上掉下去了,司机并没发现,拖拉机还在前进,在场的我们已经全吓呆了,大家都认为贝同学肯定被车碾压死了!意外的是这位贝同学竟然没被压到,奇迹般地从车轮下逃出!遗憾的是,我与这位贝同学已失去联系多年了,相信大难不死的他一定会有后福。然后,这个农场的另一位新疆农业大学来的女生,就没有这样的运气了,在从伊犁的伊宁市返回则克台农场时,正好搭上了农场的解放牌大卡车,粗心大意的她没有扣紧司机厢的车门,在行驶过程中,车一加速她被甩出去并当场死亡,一个年轻的女大学生就这样默默地消失在美丽的巩乃斯大草原。

在农场两年,最苦的并不是干活苦,而是心中的苦闷。当初自己不知道这种日子要过到什么时候，难道一辈子就这样下去吗？这般煎熬是最伤人心的。但凡是经历过那个年代的人们，面对现实中太多的是无奈，也只能忍受。

洛浦县行医

1971 年 9 月，"林彪事件"发生后，解放军对我们的"管教"有所放松，直到 1972 年 4 月开始重新分配。我们分到了南疆和田地区的洛浦县。和田就是出产和田玉和地毯的地方，其实，我们在和田呆了 12 年之久，从未见过什么和田玉，地毯倒是当地较多见的手工艺品，曾经我也买过一块，后因我和黄中新两人都去乌鲁木齐读研究生而无法带走卖掉了。和田离乌鲁木齐约 2 000 公里，乌鲁木齐离上海约 4 000 公里，加起来 6 000 多公里。我们就在离上海万里之遥的边疆小镇熬过了七年多的青春年岁。

在洛浦县，我在县医院，黄中新在县城所在镇的公社医院。一个县医院，只有 40 多张床位，不分什么科，远不如内地一个乡镇卫生院，除了一台 X 光机，一个只能做三大常规的化验室外，其他一无所有。后来我想方设法在上海买了一台心电图机和一台超声波仪（只是 A 型）才算稍有改善。洛浦县是一个国家级贫困县，居民以维吾尔族为主，贫穷和落后的程度令人难以置信，病人住院要自带被子，带了被子家人就没有盖的，因此只得全家一起来医院；孩子尿了床，要把褥子拿到太阳下，用沙土撒在上面等晒干再用。根本不知道"清洁"与"卫生"的概念。我经常下乡，走进农民的家，亲眼见到的真是"家徒四壁"，一家一当也不值几十块钱。我当时的心情不完全是惊讶，可以说是震惊！已经是 20 世纪 70 年代了，但我怎么好似回到了中世纪！在那样的环境中你能安心工作吗？可能决心在那里生活一辈子吗？我们不知道前途在哪里，眼前只是无奈和无助，在苦闷和无望中打发着日子。

乌鲁木齐求学

1977年恢复高考了！1978年恢复研究生招生了！朦朦胧胧中，我们感觉到有机会改变命运了。由于地处偏僻的小县城，消息闭塞，所以1978年的研究生招生时我们未有反应。等到有所觉悟，只能准备第二年的考试了。也因为不知道外面的情况，所以不敢报考北京、上海。当时想能去乌鲁木齐已经非常不错了，而且报考新疆医学院竞争也会小一点。结果，我1979年考取新疆医学院，攻读心内科学硕士学位，黄中新1980年也考取新疆医学院，攻读组织胚胎学硕士学位。我们终于离开了生活七年多的小县城，从此再未回去过。其实在那个小县城，我们为当地群众做了不少事情，因此他们至今还记得我们，其中部分人现在还与我们有联系。如今我们有时还会想起这个贫穷落后的小镇，毕竟我们曾经在那里生活过。三十年了，不知那里改革开放变得怎样了？

在离开和田飞乌鲁木齐时，我只仅仅意识到今后的生活不会再这么艰苦了，回上海可以近一些了，也方便一点了，根本没想到我们的人生还会有后面那么巨大的变化！说真的，我们命运的真正变化应该是从那个时候开始的，而我们命运的改变与改革开放是紧紧相连的。我们由衷地感谢中国改革开放的领路人邓小平，可以说，没有他就没有我们的今天。在深圳的莲花山顶，人们为邓小平敬立了一座雕像，上山瞻仰邓小平的人们，常年络绎不绝，我们曾专程上山到老人家雕像前深深鞠躬，以表内心的感激之情，现在只要有机会去莲花山，都要去瞻仰这位伟人，终生不会忘记！同时我们也感谢母校的栽培，尽管"文革"影响了我们的学业，但母校的培养毕竟给我们打下了良好的医学基础，才使我们能在研究生入学考试中获得成功。

三年的研究生生活，听课、读书、查房、做课题、写论文到最后的答辩，远远不如以前在医院工作那么苦，但要比以前紧张有压力。那时研究生少,人们看你的眼神都不同,而导师对你的要求很严,来不得半点马虎,三年的学习生活使我们的专业知识都得到了不少提高。当时在新疆医学院,研究生集中住在一个楼层,78、79、80级三届一共约20人,我们二医校友就有8人,占了近半数,而且个个都因成绩优秀被老师们和同学们所认识,这在当时新疆医学院传得很广。我们69届的校友中有林毅、夏人霖和我三人。林毅1978年考上新疆医学院的,是该校第一届研究生。当年的第一届仅有2名学生,林毅是其中一个,另一个也是二医的(68届的何延瑜),两位都是泌尿外科专业。林毅学习基础好,而且刻苦用功,常常拿着英文词典背单词。1981年研究生学习尚未结束,林毅获得赴美国进一步深造的机会,他毅然出发了。

林毅到美国后,重新进入医学院学习。记得1987年我第一次去美国时,与他通电话,他告诉我还在读书,他的妻子杨爱伦做工供养他。他俩的刻苦奋斗精神,我们都十分佩服。10年后我第二次去美国时,他已经是一个事业有成的美国医生了。记得那次我去洛杉矶开会,与远在旧金山的林毅夫妇通电话,他们邀请我去旧金山并订好了往返旧金山的机票,老同学的诚意难违。我到了旧金山,参观了他们的寓所和诊所。寓所位于旧金山的高端住宅区,二层楼别墅,地下室建有宽大舒适的"家庭影院",我现在印象还很深。他的私人诊所条件很好,面积不小,设备齐全,位于唐人街口,对面是东华医院。林毅在旧金山有不少病人,我的一个上海邻居就是他的病人。他工作很努力,即使在带我参观旧金山过程中,还要安排去医院查房。在他家书房的桌上,堆着厚厚的病历,每天都认真仔细书写,体现了他对病人高度负责的态度。在美国,当个医生要比国内累多了。他今天的成就,是他辛勤付出的结果。

林毅虽早已身在美国,但他的内心仍保持传统的中国情结。中国老话说"一日为师,终身为父"。林毅在新疆医学院师从泌尿外科樊苏培教授,赴美国后他不忘与樊教授的师生之情,每次回国必去拜见。即使在樊教授故世后,他还对师母罗阿姨(我妈妈的同学)多方照顾。罗阿姨现居上海,已是90多岁高龄,至今林毅每次回来还要去拜访师母,过年、过节更有所关照,很是感人。记得好多年前,林毅夫妇回国来过广州,当时虽时间匆匆但相见甚欢,还合影留念。前几年在上海二医同学聚会时见过林毅,一晃又几年过去了,说真的也常常想念老同学,愿他们在美国一切顺利。

在新疆医学院的研究生中还有一位是69届的夏人霖,他与我的交往不太寻常。我们是初中、高中、大学、研究生同学,或同班或同校。他研究生读的是生理专业,毕业后去了广州中医学院。我是在他建议下才决定离开新疆的。后来,他去了美国,做了麻醉科医生。他现在的夫人是广州人,夏人霖回广州带她来找我看过病。当时黄中新住院,他们还去病房探访。又几年没见了,十分想念。

研究生入校时,校方组织学习,要我们端正学习目的,要纠正读研究生是为"考户口"的错误想法。在下面,我们几个异口同声说我们就是为了"考户口"。那时真的就是为了改变生存环境,想到大城市过好的生活。至于改变命运、改变人生,那时真的还没有想得那么远。以后的变化是当初始料未及的。

在新疆医学院读研究生时,物质生活还比较匮乏,所以常常想改善一下,于是就打起了实验动物的主意。生理专业的几个同学说兔子肉好吃,做完扔了太可惜。不如拿回来吃,我们都拍手叫好。不过第一次的结果令人失望,因为他们用乙醚麻醉,浸透了乙醚气味的肉简直无法近嘴。大家急忙开动脑筋,决定改为酒精麻醉,终获成功,开心地吃了一顿。苦中有乐,现在想来也很有趣味。

新疆医学院第一附属医院的临床科主任几乎都是从上海第一医学院过去的。我的导师汪师贞教授、林毅的导师樊苏培教授都是来自上海中山医院,也都是老上医的毕业生,专业与医德都非常突出,我们受益匪浅。三年研究生生涯对我们这批因"文化大革命"而未受完系统教育的医学生有重获新生之感。三年虽短，但我们如饥似渴，尽量弥补过去的不足，比起现在的研究生，我们那时不知要辛苦多少倍。正是这三年的辛苦，才有我们后半辈子的成绩。

广 州 定 居

1982年，我毕业了并获得了硕士学位，留不留新疆？三年前觉得能到乌鲁木齐已经是"额骨头碰到天花板"了。不过老话讲"人心不足蛇吞象"，三年后的想法不一样了，要走出新疆去闯一闯。经过努力，终于分到了广州。从1982年算起到今年，我在广东省人民医院已工作了27年，一直从事心血管病防治和干部保健工作。我是广东省人民医院的资深主任医师，只要身体允许、自己愿意，可以再干几年。

黄中新1983年研究生毕业后，因为我已在广州，所以她也很顺利地分配到了广州的暨南大学医学院，一直至今。其中两次共一年半去德国柏林自由大学学习。

在广州一晃20多年了，我们算是"新客家人"，不过岭南虽好，心想往之的仍是故乡上海，挥之不去的还是苦苦思乡的上海情结。

上海，生我育我的地方，总有一天，我会回来的。

黄平在新疆解放军农场锻炼时的留影

黄平在新疆哈密地区医院指导工作

黄平在英国开会

远去的韶华　不悔的人生

——难忘大西北二三事

纪凤鸣

甘肃的七年是我人生中最艰苦的岁月。吃的、住的、眼前看到的一切，都是从来没有遇到过的。我曾将经历过的事讲给周围的人听，他们就像听天方夜谭一样。回到上海后，一个年轻人羡慕地说："我们一毕业就分配到这个医院，每天上班下班，生活平平淡淡，不像你生活得那么丰富多彩"。我才意识到这一段生活已是我的一种财富，正因为一踏上社会就得到了艰苦生活的磨炼，在生活中学会了生活，也才使我变得坚强，并懂得珍惜现在所拥有的一切。

羊 肠 小 道

来到地处大西北的甘肃，我们被分配到灵台县的朝那公社当农宣队员。当天一报到，大队部就让我和祖德俩以及南京药学院的小杨、小陈一起去找水泉。

我们从一队那里下沟底，找到了水泉。为免得走冤枉路，就想直接从沟底往生产队的水泉走。小陈在前面开路，我们跟随在后。走着走着，

毕业前纪凤鸣（第一排右二）、魏祖德（第三排左二）与小班同学合影

路越来越窄也越来越难走了,到后来几乎没有路了。但小陈往前走了几步,对我们说:"可以走,上来吧!"于是我们继续往前走。这是一条看上去有路、但走上去却不是路的羊肠小道。走到后来,我们到了一处悬崖,那条羊肠小道只有半个脚那么宽,一边是十几米高的陡峭悬崖,底下就是我们四队的水泉;而另一边是紧贴我们身体的像墙一样笔直的山体。我趴在那山体上,想抓住那上面的草,可惜草一抓就掉,泥土也随之"唰唰"地往下掉,心中不由自主地想起了"捞救命稻草"这个词,于是紧张得想往回走,但躯体根本无法转动。往下一看,水泉边一些农民抬着头,也紧张地看着我们。他们一定不明白,我们这几个陌生人趴在崖头上干什么?我那时浑身直冒冷汗,双腿开始打战。小陈和祖德已走过去了,他们在那边鼓励我说:"别怕,要快!"于是,我鼓足勇气,脚在那羊肠小道上快速点了几下,终于跳了过去,我既兴奋又后怕,腿仍不停地发颤。事后,农宣队队长说,他找我们吃饭,但只见我们的行李没见人,社员告诉他有几个年轻人趴在崖头上,他一看,果然我们四个人趴在崖头上,动也不动。他也不敢叫我们,怕我们一紧张,掉下去。这件事给我留下了深刻的印象,为了找水,我们差一点在刚到的第一天就发生意外,也正是这一天我真正明白什么是"羊肠小道"。

过 生 活 关

来到大西北,首先遇到的是生活关。这里一天吃两顿饭,早饭9点,晚饭下午4点,早饭前要劳动几个小时。我们是9月份到那里的,正是开始吃杂粮的时候。一次,社员端出来的是糜子稀饭,说是稀饭,实际上面是水,下面是少许糜子,里面还放了芹菜叶,一股药味。我只好像吃中药一样,屏住气喝一口,再屏住气喝一口。就这样,才喝了半碗,实在喝不下去了,翻肠倒肚地直想吐。自己感觉剩下对人不礼貌,正在这左右为难之际,小杨说:"我还可以,你那余下的半碗我替你喝。"结果,这顿饭我只喝了半碗汤一样的稀饭。出来时走上坡路,腿直打战,肚子"咕咕"直叫。又有一次,我们一见社员端上来是玉米棒,很高兴,但只啃了半个,两边颞部就起疙瘩了。因为9月的玉米已经很老了,不是我们的牙齿能够对付得了的。于是只得将剩余的半个带回队里了,那一顿饭就只吃了半个玉米棒。有时,我们真怕吃饭!在社员家门口站半天,下决心,才进门。还有一次,午饭端上来包子,我们好高兴,因为肉不敢奢望,心想也总该是糖包子或菜包子吧!掰开一看,是滨豆(一种杂粮),而且是淡的,小杨吃不下,就边装着赶鸡,边把里面的馅抛出去了。

在大西北的几年中,我吃到了原来从未吃过的各种杂粮:高粱、荞麦、小米、糜子、滨豆,等等。那里一年里除了过年,其他时候是没有任何菜的。连酱油也没有。他们的调料就是醋和一块块的盐,想喝碗酱油汤都是一种奢望。

有一次劳动时,生产队长说:"毛主席大概天天吃油饼沾蜂蜜"。因为在那里"油饼沾蜂蜜"是最好的东西了,只有过年时才能吃到。由于他们地处偏僻落后的区域,又不识字且从来没看过电影,所以讲出这样的话也就不奇怪了。

刚才讲了"进口"问题,现在说说"出口"的问题。那里的厕所是干厕,我们上厕所时,得有一人守门,严防家猪闯入,否则它会跟进来吃粪。当地村民没有足够的饲料喂猪。因此,我们也经常开玩笑说:"西北的猪也十分可怜,瘦得皮包骨头。"

我患了肾结石

到卫生院第一年的一天早上,我刚想起床,突然左腰疼且伴有恶心,开始我以为是煤气中毒。那时我和祖德还没结婚,我怕他进不了门,立刻硬撑着起床把门打开,把小煤炉端出门外。但是疼痛非常厉害,我在床上转辗不安,都分不清是腹痛还是腰疼。祖德来了之后,给我吃了药,可是没有见效,随后还开始呕吐。尽管病情不轻,但我们也无法上县医院挂急诊,因为从我们医院到那里有 15 里山路,且不通车。那时那刻,我的同事纷纷前来给予帮助,他们各显神通:王大夫给我吃中药,巩大夫为我打吊针,但是折腾了一上午,依然丝毫无效。下午巩大夫悄悄拿出半片吗啡给我,我也不管三七二十一,就吃了,没多久,大疼就止了。几天后,祖德走了 15 里山路,将我的小便送到县医院化验,结果显示:红细胞、白细胞均为三个加号,诊断为"肾结石"。而后,我在很长的一段时间内,持续服用了中药。由于诸多不方便,以后也没有再复查。在偏僻的大西北农村,我尝到了生病是什么滋味。想想这里的老百姓缺医少药,得了病该是如何的情景啊!值得庆幸的是,后来几年,肾绞痛也没有再发作。

当了一次江湖郎中

当地人很相信中医,他们认为西医不稀奇,都是病人告诉医生,医生才诊断的,而中医是靠自己号脉诊断的。所以他们喜欢中医。

一次,来了一个老太太,她一来一声不吭,把手伸给我。我一看就明白,她是让我给她号脉,我想我哪会号脉啊!大学里,刚开始学中医,"文化大革命"就开始了,所以根本没学。但在病人面前,我总不能说自己不会看吧,于是硬着头皮给她号脉,一边看她的脸,我看到她的脸色苍白,脉搏较快,是贫血貌,我就问她平时是否经常头昏心跳,她点点头,根据这推断有慢性失血的情况。看这年龄,又不愿主动诉说病况,好像有难言之隐。于是,我问她,是否月经停了许多年又来了?她点点头说,停了 10 年,又来了。我想这不是好病,估计是妇科方面的肿瘤,于是我给她做了妇科检查,果然宫颈上正长了个菜花样的大肿瘤,因为给扩阴器碰了一下,血涌了出来,我立刻用纱布按住。诊断明确了,我向家属交代了一下,开了一些中草药,送走了他们。这次看病让我有种像江湖郎中的感觉,病人一定觉得这个医生号脉很准,我其实用了望、触的方法,如果我一上来就让她做妇科检查,她一定不会接受。这次"江湖郎中"当得很高兴,也使我终生难忘!

1973 年母亲来大西北看望纪凤鸣时的合影

1974 纪凤鸣和丈夫魏祖德回上海探亲时与儿子的合影

我走过的路

AK 68

《易经》古卦语"潜龙勿用"未算准,我们这些学业未毕的"潜龙们"连毕业典礼也没有举行就被"逼业"出二医,走出大上海,在"游泳"中学"游泳",为边远地区和广大农村工农大众服务了。

祖　国　篇

1968年底,我告别了母校和徒有四壁的家,凄凄离去。列车先是北上,我在北京站过了个元旦夜后,就转车西行。1969年1月2日,我按规定准时到达宁夏回族自治区某县报到。

按当地"革委会"、军代表的内部规定,对我们这些大城市来的学生都格外关照,被分到公社一级待安排,说是更有利于"改造"。而公社卫生院又把我派到大队去当平时看病还可穿鞋的"赤脚医生"(以下简称"赤脚")。我的工作是,在农忙时赤着脚

老红楼"一啼震旦"彩色玻璃下
(1964年)

35

送医送药到田头；农活不太忙时，种种党参等田栽中药，带领"小赤脚"们上贺兰山、六盘山采集中草药（种药和采药收入支援合作医疗）；培养"小赤脚"（教材由我自编自印而成）；此外，还承担门诊诊治病人和出诊的任务。在当地，社员们习惯夜间叫"赤脚"出诊，而且要随叫随到。睡到半夜从暖暖的被窝里被叫起来出诊是家常便饭，而在雪地或雨中泥泞小道上（没法骑车）背着药箱，走上一两个小时去出诊也是常有的事。我睡在小小的大队医务室（一共三间房，药房、门诊室和我的土墙小睡房），吃饭搭伙在大队小学。

宁夏今非昔比，当年省会银川市也就是"一个警察站街，中间能极目望得到市区两头"的大小，还没上海郊县的一个县城大。虽人们夸道："宁夏是塞上江南的小上海"和"天下黄河富宁夏"，但那时，除了在河套平原几个县还能吃到大米外，大部分地区，特别是山区还非常贫穷。那里的生活条件之差、卫生状况差是我们这些大上海来的学生无法想象的。

我虽从小生活优裕，但因"出身不好"，一向"夹着尾巴做人"，做人既低调又不算娇气，生活上的苦倒也难不倒我。最令我苦恼和心虚的倒还是，善良老实的农民们错以为我是来自大上海名校正经八百的大医生，应该是医学上的万宝全书，连一只"角"也不会缺。所以内外妇儿科的病都要我来处理，甚至还要我为他们拔牙、针灸和开中药方。事实上我的临床知识十分有限，幸亏我带去了重重一大堆当年市面上还能买得到的简明"速成"医学教材，母校出版的《内科手册》《新针疗法》和《针灸穴位手册》等，凭着在母校老师传授的、我们学得还算扎实的基础课知识，能快速理解书本所说，就开始了"在游泳中学会游泳"。从医德上来讲，我也不敢大意，总是尽量把"泳"游得好一点。我记得，在我第一次接臀围产时，旁边放着一本连图带说明的助产书，看一段干一番，还好这是个初产妇，给了我足够时间"边翻书边游泳"，搞得满头大汗地把婴儿拽了下来,完成了这第一次接臀位产,母子平安、皆大欢喜,看得一旁帮我翻书的学生"小赤脚"目瞪口呆。

接过几次生后,我的接生本领有点"名声"了,新法接生逐渐被当地农民接受,取代了那绝不卫生、对母婴都十分危险的老法"坐沙子"。所谓"坐沙子",就是产妇坐在堆了沙土的炕上运气用力下排,让婴儿、胎盘和血一股脑儿地"自然"排出到沙土中去,用一把"万用"剪刀断了脐带,若经此折腾母婴尚侥幸无大恙的话,就算生产大功告成,产妇就在沙土堆上开始那可怕而漫长的"坐月子",直到坐满一个月。上海话中的"做沙母"是否出于此,无法考证。因坐沙子而致的胎盘滞留、产中产后大出血、宫腔感染和婴儿破伤风等常有发生。更有点令人哭笑不得的是,遇到第三产程胎盘下来迟一些(已够得上或还够不上诊断为胎盘滞留)时,他们有一据说十分有效的祖传妙法,家中人会提桶水上房把水倒入烟囱,边倒边喊问:"下来了没有?"下面人就要高声应答:"下来了!"因为那时在少数民族聚居地区(尽管汉族还是大多数),没有"一刀切"地大张旗鼓提倡计划生育,有时婆婆、妈妈、女儿和媳妇都在炕上一齐努力"坐沙子"。当地妇女们不但从此开始接受新法分娩,而且也要我教出来的"女赤脚"为她们做产前检查,使我们接生时大大避免了很危险的"遭遇战"。愚昧落后和不卫生的习惯终于在渐渐地改变了。

由于我"改造"得当,为贫下中农服务也算有虔心,后被召回公社医院。当时公社医院的规模、人员编制和设备远不如上海一个小地段医院,没有病房。我们那公社医院的住房、伙房、门诊间都被统一规划在一个土墙围着的小院里。

到公社卫生院报到的第一天,我进到直通大门,一无遮拦的唯一门诊"大厅"(约 20 平方)时见到的是,约十几个农民围等在一位好像是大夫的诊桌旁;桌上撒着好多根香烟(后来知道那是病人的孝敬),那位大夫头戴大皮帽,身穿狗皮袄,口衔一支烟,左手细切寸关尺,右手还在"滴滴答"（拨算盘算账）。他正襟危坐，目不斜视，两眼眯缝紧盯账本。我怕走错了地方，只得小心地问了一下："这是公社卫生院吗？"总算得到肯定的回答，我没走错！从此我不必赤脚了。

我在公社卫生院工作期间做了三件大事。一是从申请经费（12万元）、规划图纸、求爷爷告奶奶地买便宜材料、发动社员干义工、送土克朗（挖自田里，经日晒至干硬的二尺来见方的土坯，可用来代砖砌墙），直到完工。我们建起了一所有病房、有手术室的三进四排平房医院，当时看看确实大有气派，让人特有成就感。当宁夏也普遍开展了计划生育后，我们在那简陋的手术室里开始为有要求的妇女做输卵管结扎手术，先后一共做了263例输卵管结扎手术，无一例失败和感染。二是开展了外科小手术，如阑尾、疝气、腋臭等小手术就不必转县医院了。三是培训了两名护士，一名管门诊打针和高压消毒；另一名管病房（9张床位、内外妇儿病人统收统管）。此外，我还参加了县上举办的为期三个月的西医学中医学习班，结业考荣获第一名。

因为那里是少数民族地区，又因民俗和民习的缘故，农民们不太愿意离开家门口，较多为同民族间婚嫁（回汉通婚很少）。由于婚配的血缘比较近，我在看病人时就遇到不少遗传性疾病（发病率大大高于其他大中城市人群），没法治，也没法预防，很无奈。因此，总梦想有朝一日能在遗传性疾病的防治方面做点事。想不到，三十多年后在异国他乡竟圆了此梦。

到宁夏三年后，我又被提升到县医院内科当医生，直到我考取研究生回上海。说是内科医生，但门诊和病房值班还得和小儿科，甚至传染病科"打统账"；在外科手术缺人手和妇产科有难产病人时，我这个"万金油"也得助上一臂之力。由于单身一人无牵挂，能随叫随到。"下乡"巡回医疗几乎每期都有我的份，以代替有家庭负担离不开县城的同事。所以我在医院里的人缘很好，学到的技术也是"全面的"。我在县医院工作时,得以遇到一批各行各业的良师益友,包括伯特利医院(教会医院,上海市第九人民医院前身)的老院长、结核病防治专家,当时他还在自治区干校农场放驴的"右派分子"梅国桢医生。在和他们的交往中我得益匪浅,为以后的人生确立了关键性标向和行为准则。我非常怀念他们,和很多尚在世的前辈们至今还保持着联系。但在此期间,我总还是心心念念地想有朝一日能回到上海,和年迈且被下放、尚在改造中的"臭老九"父母生活在一起,并能在大医院中提高我的残缺医疗技术。所以我既没敢"高攀"贫下中农,也没有"低就"臭老九而在那里成家。

"文革"后期,毛泽东、朱德、周恩来三名伟人相继逝世。在得知周总理逝世时,我感到国家前景实在渺茫,悲痛欲绝之下我应县广播站之请,录制了《十里长街》长诗朗诵,向全县播出,怀念人民的好总理。我们一伙"老九"还悄悄来到河边,在米中插香祭奠了一番。为此,我上了"四人帮"在宁夏爪牙罗列的内部黑名单。所幸的是,名单还没付诸行动、我们还没被收拾之前,那"四人帮"倒台了,爪牙们也作鸟兽散了。云开天晴,举国欢庆,我也耐不住,再次"下海",在由县上"臭老九"们搭成的"草台班"演出话剧《于无声处》时,到各地和军区部队巡演了一番,还到银川市卖票演出了两场。尽管我念错过台词,但我们的真情演出还是让台下观众含着眼泪大鼓其掌,人心和春天又回来了!

我父亲平反回了上海,被抄去的"四旧"归还了,房屋政策落实了。小平同志复出后,高考恢复,考研也恢复了,我开始备考上海二医大。第一年通过初试(笔试),在回上海的复试(口试)时被涮了。我仍不死心,1979年再考,中了。我依依不舍地离开了我的第二故乡,告别了纯朴善良的老乡们和良师益友们,在"逼业"10年后得以重回到母校读研究生,恩师是瑞金医院、上海市高血压研究所的赵光胜教授。也在那一年,我解开了谈情说爱之禁,和完全有去宁夏伴我终老思想准备的、在家是独生女的太太结了婚,当了"高龄新郎"。1981年女儿出生,1983年我研究生毕业,留在瑞金医院工作。先去内科充实自己先天不足的大内科基础,晋升为迟到好几年的主治医师;然后定编在高血压研究所当助理研究员搞研究。

加拿大篇

又十年后,1989年我46岁的时候,来到了加拿大蒙特利尔市。次年,妻女也来到了。一家三口开始了在加拿大的再创业之路。

在加拿大,我没有再去努力考医师执照,而是走了一条科研的道路,先后在蒙特利尔临床研究所和奥特勒迪欧医院搞高血压研究。7年后,老板因丢了两大笔研究经费,不得不裁人,我失业了。为养家糊口,我太太辞去了工作,和我一起在一个大商场里开了一家小冰淇淋店(一年就8天随商场停业休息)。我也干过抢10来公斤裁纸汽刀的重体力活(心态上当它是拿工资的健身运动)。最后,在我55岁时,放弃了高血压研究专业,改行受雇于维多利亚医院(白求恩待过此院)的生殖医学中心,搞起了试管婴儿(人工体外受精,IVF)的单基因遗传性疾病胚胎种植前遗传学诊断(pre-implantation diagnosis for single gene defects, SGD-PGD),圆了我想在一些单基因遗传性疾病的预防上做点事的梦。SGD-PGD是20世纪90年代才兴起的一门新临床应用性学科,其核心技术涉及胚胎学、分子生物学等技术。

我的分子生物学技术还是在我来了加拿大后不久、为适应国外搞医学科研所需而边干边学会的,这时派上了大用场。在自学过程中,我的英语快速阅读能力起了关键性的作用。我到这里之前,该中心已开展了4例,他们把卵裂细胞送到美国底特律去做诊断,却没有一例成功怀孕。我到了该中心后,我边干边学,自行设计、诊断,没有助手,独自一人非常努力地干了十年,异常艰辛。在与胚胎室和小组同事们的相互密切配合下,共做了68个周期(20多种单基因遗传性疾病,从开始时一年只做两三个周期,到现在每年做 10 个以上周期)的 SGD-PGD,17 名婴儿健康出生。工作效率正在呈上升趋势(2013 年在魁北克省可免费做 IVF),如果有更多人手,估计我们每年可做 20 个周期以上。

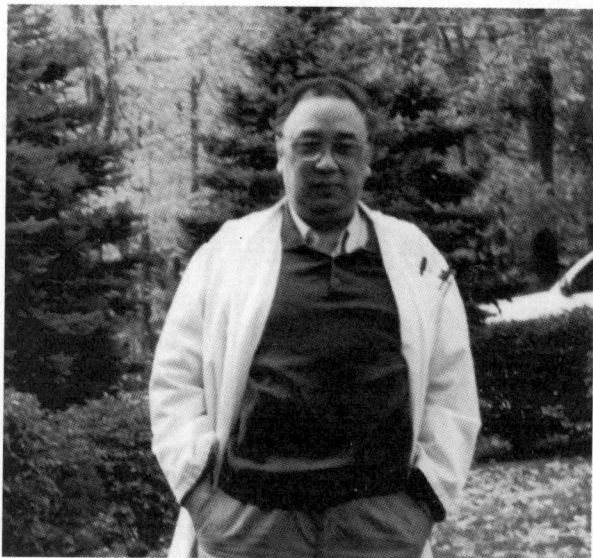

作者在蒙特里尔皇家医院工作(白求恩出自该院)(2013 年)

有报道认为,影响 SGD-PGD 诊断正确性的主要有三个因素,其中尤以 ADO 为重要,其发生可引起严重的诊断错误。为避免这些引起误诊的因素,我在摸索中走过弯路,但也积累了大量经验。国际上 ADO 率一般在 15%~20%,而我们小组把 ADO 率控制在 2%以下。现在不但有加拿大东部的其他省,还有美国的病人来我们中心要求提供 SGD-PGD 服务。

SGD-PGD 不但可防止有此病婴儿的出生,在很多情况下,还可让那致病基因在家庭中从此"失传",我把它称之为遗传性疾病的"基因预防",也是"质"的计划生育,比"量"的计划生育更重要。在加拿大,就我们一个小组开展 SGD-PGD 临床服务。2008 年统计数据显示,全世界从 SGD-PGD 中得获的健康儿童也就 1 000 多例。现在 PGD 已发展到可以在一个胚胎中做成三件事：① 染色体的胚胎植入前遗传学筛查（pre-implantation genetic screening，PGS）。胚胎染色体发生三体，是早期流产的主要原因，影响了有助生育的怀孕率，需要经筛选后植入好的胚胎来提高怀孕率。② 人类白细胞抗原（human leukocyte antigen，HLA）的单倍体定型，如经 PGD 所得健康新生婴儿的 HLA 基因型与之有病兄姐的相配，就可用他（她）的脐带血干细胞来治疗他（她）的有病兄姐，这是临床学家梦寐以求的治疗手段。③ SGD-PGD。国际上能做此"三合一"PGD 的还不多，我们小组已能做这种"三合一"PGD 了，但病例数还不多。

在加拿大的 24 年，最令我感到欣慰和高兴的事有两件。一是作为中国人和"二医大"人，我没有给我的祖国和母校丢脸，也始终保持着与祖国和母校的密切联系。二是我们的女儿 9 岁来到加拿大，现已长大成人了，大学毕业后当了内分泌专科医师，继承父业在一家医院和两个诊所里工作。4 年前，我女儿还回到她老爸当年工作过的瑞金医院，在内分泌科进修了一次。她工作中虽使用法语和英语，但她也能说中文，甚至是上海本地话。更难能可贵的是，她对中国文化很热爱，竟曾通读过《红楼梦》和《唐诗三百首》等，能用钢琴弹奏很多中国乐曲，会唱不少我们那个年代的中国老歌，因为她知道她的根是在中国！

结束本文前再讲几句题外话。据我所知，国内尽管 SGD-PGD 起步晚，如果能组织几个部门通力合作和有权威专家牵头，以及有远见领导的支持，很有发展空间，可以赶上国际水平。本人认为"二医"有相应专业的权威如王一飞教授，他不但是国内有助生育方面的权威人士，熟知PGD，而且与国外多个相关组织，包括加拿大的，都有着密切联系。他也是我的老师，应该是相当合适的组织者和牵头人。在加拿大，我是主要负责 SGD-PGD 的副研究员和协调人。赴加 20 年后的今天，我已逾可退休领退休金之年（65 岁是加拿大法定可退休领退休金的年龄），但还被挽留在岗工作,希望在退休前能帮中心带出 2~3 名接任者。我现在身体健康,精力和脑力还算好,如有机会很想为祖国、为母校做点回馈贡献,用我的专业知识和经验,为母校培养些专门人员。

作者(后排左二)获评宁夏青铜峡县"先进工作者"(1973 年)

作者参演话剧《于无声处》的剧照(1978 年)

作者（右三）与科室同事合影（2015 年）

作者（左六）与仁济医院许以平教授（左三）以及加拿大同仁合影（1990 年）

难忘的岁月

李 莉

1970 年春季,我终于盼来了迟到一年的毕业分配。毕业时,没有道别的聚会,没有毕业典礼,没有毕业纪念合影,更没有毕业文凭,只有和蔼可亲的工宣队师傅发给我一张"去南字 133 部队荒草圩农场报到"的《通知书》。

部队农场报到

当年 8 月 15 日,我和 71 届的一位学妹登上了开往安徽滁县的列车,到站后一辆军用卡车将我们送到了部队农场。下车后环顾四周,除了一排砖瓦平房外,只有一望无际的农田和蜿蜒曲折的黄土路。我琢磨着自己的工作:做医生吧,怎么不见医院呀?正在迷茫中,一位解放军干部从场部出来说:"你们是来接受'再教

李莉(前排左二)和小班同学与华师大实习老师在母校老红楼前的合影(1964 年)

育'的,全部到连队锻炼,过一会连队就有人来接你们。"据他介绍,这个部队营地前身是劳改农场,因中苏珍宝岛事件征召了一批解放军作为后备队。昔日的劳改农场成了屯兵之地,部队在此安营扎寨,边练兵、边种地,以保证粮食自给自足。

大约一小时后,一位解放军赶着牛车来了,定睛一看,这个车的"轮

子"竟然是不会滚动的半圆形木头，全靠牛拖着前进。我心里嘀咕着：这是哪个世纪的交通工具呀？怎么这么落后啊！我们将行李放上车跟着"牛车"走向连队。我一路猜测并想象着我们即将下榻的宿舍：一排排砖瓦平房，一张张上下铺木床……然而到了目的地，眼前的一幕让我惊呆了：一间低矮破败的茅草房，歪斜的土墙斑斑驳驳；昏暗的屋里，只有用木棍插在泥土里撑起的 11 块木板，那就算是床铺了；没有窗户，没有桌椅，也没有电灯……这就是我们班 11 个女生的宿舍。

据介绍，部队农场接收了 200 多名大学毕业生，他们分别来自浙江大学、厦门大学、中山大学、暨南大学（原华侨大学）、上海第二医学院等。因住房紧张，临时将一个牛棚改造成宿舍。那天，黑洞洞的"牛棚"空无一人，先期报到的大学生们已去田里干活了，不到天黑她们是不收工的。

我们号称是 133 部队炮兵二连四排战士，但却是不穿军服接受"再教育"的对象。一切都是军事化管理，作息时间与解放军战士同步。当时有一批军队干部子女应征入伍，他们曾好奇地问：你们是来部队探亲的家属吗？还是劳改犯？万万没想到我们的身份竟如此尴尬。

露天食堂就餐

夜幕降临，我们班的女生疲惫不堪地走进宿舍，在昏暗的煤油灯下相互介绍起各自的姓名和毕业的学校……不料一阵嘹亮的军号声响起，催促大家在宿舍前集合，一个解放军小战士带领我们背诵毛主席语录后列队前往炊事班驻地。只见一个四面通透的芦席棚里架着两口大锅，炊事班战士挥着铁饭铲将饭菜舀进一个个行军盆里，由各班班长领回来就放在地上分给各人。原以为至少有个简陋的餐厅，谁知居然是个露天餐厅！经过一天舟车劳顿的我早已饥肠辘辘，可是捧着略带霉味的米饭和辛辣怪味的冬瓜肥肉片却难以下咽。晚饭后，班长带我去炊事班领了一瓶热水，是专供女生洗澡用的。浴室是临时搭的芦席棚，在泥地上挖一条沟作为下水道,无论是酷暑还是寒冬,我们都在那里用宝贵的一瓶热水冲洗身上的汗水和灰土。

收割稻子

入夜熄灯号响起,排长送来了两把镰刀给我和学妹。班长叮嘱:"明天听到起床号必须在十分钟内集合完毕。"这可包括穿衣、整理床铺、洗漱、梳头、排队上厕所啊,够紧张的! 没等我想明白已酣然入睡……突然我被人推醒,班长说:"起床号响了,还不快起来?"我睡眼惺忪、踉踉跄跄地跑出门外,天空还闪着繁星,班里同学已经准备完毕,我赶紧提着镰刀随她们跑到集合处。

夏日的凌晨,万籁俱寂,夜色尚未退去,我依稀看到女生排的 40 余名女大学生正列队待发。一个 19 岁的解放军小排长带领学习毛主席语录后,就领着我们跑步到数里以外的农田,借着朦胧的晨曦收割早稻。幸好读大学时下乡劳动学会了割稻。然而开镰后我明显落后南方来的同学,她们多数出生于农村和山区,农活娴熟且体力好,很快我就被甩到后面。我奋力向前追赶,累得气喘吁吁、腰酸背痛。天亮了,炊事班挑着早饭送到田间,这时我才想起要释放憋了一早上的小便。在班长的带领下,我们几个女生只能跑到远处组成人墙挨个解决……那一刻我感到人的文明尊严受到了极大的挑战。

吃完早饭继续干活,看着一眼望不到头的稻田,我哪敢直起腰杆歇息! 烈日当顶,挥汗如雨,豆大的汗珠浸湿了我的衣衫,也湿润了脚下的土地。熬到中午总算可以回住地了,吃完中饭午休一小时后又集队去稻田,一直干到天黑。

晚饭后洗完澡,我们集体学习毛主席的"老三篇"(即《为人民服务》《愚公移山》《纪念白求恩》),听到熄灯号才能睡觉。等我熬到上床时感觉全身像散了架一样,四肢肌肉酸痛得钻心。更难受的是还在酣睡中又被军号声催醒! 我硬着头皮从木板床上艰难下地,拖着灌铅般沉重的双腿走向集合地点,又开始了新一天的战斗。中午集合吃饭时,我们动作稍慢了点,那个不苟言笑的小排长气得涨红了脸,罚我们站在骄阳下听训,炙热的太阳烤得我们唇干舌燥、汗流浃背! 现在想想这位满脸稚气严格执行军纪的小排长也蛮可爱的。

俗话说:"夏天孩儿脸,说变就变"。下午时分,突然乌云密布、雷雨交加,倾盆大雨将我们每个人都彻底冲刷了一遍。我想寻找避雨的地方,可是在这茫茫无际的田野里,看不见任何建筑物。这时连长一声命令,号召大家发扬"一不怕苦、二不怕死"的精神,冒雨抢运已收割下的稻子。于是我们这些"落汤鸡"咬紧牙关,硬是将稻子挑到集中点,等候牛车和卡车运到稻场晒干脱粒。

说到脱粒算是较轻的农活了,可是蛰伏在稻草里的跳蚤又来"攻击"我们,我和学妹被咬得红疱累累,奇痒难忍,夜不能寐。情急之下,学妹用三棱针刺疱放血,这一招果然能止痒,可留下的色素沉着斑如赤豆粽子一般,不知过了多少年才退去。

情同手足的友情

10多天的超负荷劳动和异常紧张的生活击倒了我,不明原因的发热让我睡了两天,躺在硬板床上,我望着斑驳歪斜的土墙,脑海翻腾:我无论如何不理解姚文元在1968年写的《工人阶级必须领导一切》文章中所写的"新中国培养的大学生属于资产阶级知识分子"的结论。在共产党的教育下,我们热爱党、热爱祖国、热爱人民,我们怎么会成为改造对象? 这不是否定"文革"前的教育吗? 这样的劳动锻炼还要持续多久? 我能坚持下去吗? 沮丧、失落、忧郁困扰着我……

炊事班送来了病号饭——鸡蛋面条,我却没有一点食欲,倒是想起了在家时母亲炖的鸡汤、炒青菜、干煎带鱼。班里的同学收工后,尽管她们自己也精疲力尽却无微不至地关心我，帮我打水、拿药……并安慰情绪低落的我说："人的适应能力很强的，开始不习惯以后慢慢会好的，只要大家相互帮助，你一定会渡过难关的。"现在每每想到这些，我都会怀念那个艰难环境中的温暖集体和那些情同手足的好姐妹。

震撼人心的抗洪抢险

早稻收割完毕后又进入了抗洪抢险的季节。荒草圩的夏秋之交暴雨连连、河水猛涨，导致一处圩堤决口，部队首长下令死保重要圩堤。险情就是命令！我们随解放军战士紧急奔赴现场，只见战士们跳入汹涌澎湃的洪水中，沿着内堤排成人墙，将我们运送的石块沙包投入决口。此刻，堤外滚滚浊浪奔腾而来，决口一旦撕裂扩大，解放军战士将被洪水卷走吞没！我们沉默无语、加紧步伐、增加负重，全然不顾肩膀肿痛、脚掌磨破……经过五个多小时的拼搏，决口封堵成功！这场惊心动魄的抢险战斗终于胜利了，解放军战士用生命诠释了"一不怕苦、二不怕死"的精神，这是我生平中经历过的最震撼人心的场面！

那一年荒草圩的降雨量超历史水平，稻田一片汪洋，晚稻收割时间被迫推迟。11月份的天气已是寒风刺骨，我们身着棉袄，却要挽起裤腿、跳进齐膝深的水里，那种彻骨透凉、让人心口紧缩发颤的感觉，我终生难忘！

晚稻收割结束，部队进入了冬训练兵阶段。除了修建营房、种菜养猪外，我们参加了实弹打靶、站岗巡逻、紧急集合、夜行军等军事训练。印象最深的是冬天半夜里从温暖的被窝里爬起来，冒着凛冽的寒风，背着步枪四处巡逻。在那寂寥的寒夜里，人会阵阵发怵、格外惶恐，所幸两人一组可以闲聊壮胆，打发这难熬的两小时。

突发胸膜炎

随着时间的流逝，我渐渐适应了"再教育"的艰苦生活，可是身体又亮起了红灯。我开始午后低热、夜晚剧烈的干咳。部队卫生员让我去当地县医院诊治,结果诊断为结核性干性胸膜炎,需要休息并肌注链霉素、口服异烟肼。医生得知我的情况说:荒草圩农场条件太艰苦,新组建的部队一穷二白,副食品匮乏,很难保证你的营养,你还是回家疗养一段时间吧。我带着医生的病假单向连队请假,连长和指导员拿出文件无奈地说:"文件规定你们在接受"再教育"期间不享有探亲假、婚假、长病假;不准谈恋爱、不准结婚。不过根据你的情况可以安排干点轻活,多给点休息时间。"望着他们同情和温和的目光,我读懂了部队基层干部对我们这些大学生还是挺理解和尊重的。虽然请假未成但心里却十分知足了。

班里的同学得知我的病况后,在劳动中处处照顾我,重活累活都抢在我前面。一位浙大同学帮我找了一个留在农场工作的老职工,请他代我向当地农民买鸡蛋。于是我每天注射完链霉素后就去那里加餐,用老职工的煤油炉煮一个鸡蛋补充营养。

造纸厂做工

冬训结束后我们女生排接到部队命令:与新征的女兵一起去师部造纸厂上班。尽管我们被安排上夜班,但毕竟脱离了艰苦繁重的农田劳动,学妹高兴地说:"这下你可以好好休养,争取早日治愈结核病了。"尔后,我们班又搬进了 40 多人的大宿舍,看到明亮的电灯甭说有多高兴了,真有那种"山重水复疑无路,柳暗花明又一村"的感受啊!

那时部队造纸厂的机械化程度已经比较高了,整个工序以麦秆为原料经高温蒸煮后成原浆,经洗浆、打浆、漂白、填料、脱水后由拉纸机成型出纸。我被分配在打浆工段,负责操作 4 台打浆机。在为期一周的培训中,我们这些女大学生显示了文化功底与聪明才智,仅用了 3 天就掌握了各工段的技术并正式上岗了,首次产品便达到了合格标准。以后的合格率一直保持在 99% 以上,创下造纸厂历年最高纪录,受到部队首长的表彰。

　　随着时间的流逝,我们将被再分配的消息不断传来。1971年冬季,我们终于结束了在部队农场的劳动锻炼。在离场回家途中又有一幕情景让我终生难忘:在那个寒冷的冬天,我们坐着军用卡车前往南京,呼啸的寒风肆无忌惮地将军车篷布吹得上下飞舞,风如刀割一般往我的袖口领口切进来,我被冻得手脚麻木、脸色苍白、嘴唇发紫。学妹和同班同学用行李围住我,再用她们的身躯为我挡风。我蜷缩在车里咬紧牙关,熬过了那"漫长"的3个多小时。

人生宝贵的精神财富

　　回到上海家中,母亲望着我憔悴瘦削的脸,拉着我粗糙的手心痛地说:"你受苦了!"看着母亲慈祥的目光,我说:"没事的。"经历了人生中的第一次磨难和心灵震撼,使我学会了隐忍坚强、吃苦耐劳,也享受了一个好集体给我的温暖,它让我收获了人生最宝贵的精神财富:大爱无疆!

　　这段发生在40多年前的往事,恍如昨日,梦寐不忘,它对我日后的医学人生产生了深远的影响。当我遇到临床瓶颈和科研难题时,当我面对患儿及家长无助或乞求的目光时,那段刻骨铭心的经历、那种情同手足的患难友情,一幕幕会浮现在我的眼前。于是几十年来,似乎总有一种向上、向善的力量,推动我努力奋进、砥砺前行,教育我永怀感恩之心,竭力用自己的一技之长,尽心尽力去服务社会、造福病人。

走过蹉跎岁月

林 毅

我们这一代人出生在抗战胜利后、成长在新中国的红旗下,从刚懂事起就经历了一场又一场变幻莫测的政治运动。20世纪60年代初不约而同考入了上海第二医学院,"文革"中毕业。当年我们大部分人都在百般无奈和无从选择之际,去接受了一番天上人间炼狱般的磨炼,走过了一段萍踪浪迹、海角天涯的艰辛历程。就因为处于那个特殊的年代,选择了那种特殊的职业,我们这一拨人刚离校就走上了极其相似的荆棘丛生之路。直到改革开放,由于各人的家庭背景迥异,各人的机遇不同,加上因人而异的不同程度的努力,才开始了陆续去改变各自的命运,重新在全国各地或异国他乡落脚、创业生根,也有不少重返故乡,成为医务界的佼佼者,这就是我们共同走过的路。

话从离校那刻说起,1970年7月的一个赤日炎炎如火烧的大热天,我和杨爱伦不约而同地与十几位同学登上了通往西北方向的52次列车。一过西安就有同学陆续下车,印象最深的是金承杰和欧阳同学下半夜在甘肃天水下车,随着火车重新徐徐起动,我目送他俩背影渐渐地消失在黑

林毅在旧金山的诊所里

茫茫的边塞荒原之中,霎时心中涌起的是一种悲戚和孤哀……

告别故乡　服务新疆

真是世事难料,整二十年之后,1990 年我在旧金山开业。一天听说有人找我,一到候诊室,竟看到金承杰同学坐在那里,喜出望外之际,真有劫后余生、恍如隔世之感,那是后话。

林毅新疆哈密矿区医院(1974 年)

到达乌鲁木齐才几天,我和杨爱伦重又登上一辆军用卡车,开往一个叫奇台县附近的部队农场。该农场位于蒙古、苏联和中国新疆交界处。不到半个时辰,卡车驶入大戈壁的荒野之地,当我呆呆地望着车后扬起的一缕缕尘土,思绪万千。才十来天,从十分繁华的上海,便置身于边疆的茫茫戈壁之中,真是刹那间历经了人间炼狱般的跌宕。我不禁喃喃自问:"难道我会在这里终了此生,乃至繁衍我的子子孙孙?"

两年后,我和杨爱伦分到了哈密附近一个叫雅满苏的铁矿职工医院当医生。雅满苏在维语中的意思是"苦水",我甚为不幸没有能在苦水中泡大,成为根正苗红的时代宠儿,却有幸能在这苦水般的边疆异域去度过我柔情似水、花样年华的青春岁月。想必这段"于无声处听惊雷"的日子大部分同学都有同感。

远涉重洋　赴美留学

时光终于苦苦熬到了"高考 1977"的年代。1978 年我考上了新疆医学院,攻读泌尿外科学硕士学位。1979 年,关闭了 30 年的"门户"开放了,杨爱伦的海外关系在大学里是出了名的,所以 1979 年她去了美国。

两年后,我刚读完三年研究生,凭了一张像小说《围城》里的主人公方鸿渐拿来唬人的克来登大学差不多的入学通知,顺利得到了赴美的留学签证。

1981 年 7 月,又是一个赤日炎炎的大热天,我彻底结束了 11 年的边疆生活,登上了飞往旧金山的波音 737 航班,时年三十七。经历了十几小时新鲜好奇,但又有点忐忑不安的飞行,当飞机徘徊在旧金山上空准备降落时,我俯瞰着地面上模型般的海湾和山脉,如同火柴盒一样密密密麻麻排列成群的洋房以及川流不息行驶在海湾大桥及金门大桥上的一辆辆玩具样的汽车,才十几小时似乎又经历了天上人间般的变迁。我再次不禁喃喃自问:即将步入中年的我,能否在这异国他乡去实现一个极为庸俗而又实际的所谓"美国梦"——汽车、洋房乃至下一代的美国教育?

如果说在当初刚进医学院时曾有过一个要在医学界出类拔萃、成名成家的梦幻,那么随着梦魇般的"文革"开始,早已被打得粉碎,重拾旧梦是成了研究生之后的幻想,但一踏上美国土地,就再也做不成梦了。我清醒地悟到一条人类生存的硬道理:这个世界并不在乎你的感情和自尊,而是在乎你的成绩,只有当你有了成绩之后才有资格去强调你的自尊。人到了异国,所谓的成绩每个人都心知肚明。经历了多次家庭会议(当然只是夫妻俩商议而已),途径只有一条:她打工,我努力学习;目标只有一个,既平庸又简单:取得牌照、开业赚美金!

简单地说,凭着我离校后"十年如一日"的苦读英文,又多亏了当研究生时补学了统计学、现代生化及细胞生理学,1983 年我第一次考牌就得了 81 分,取得了外国医师在美合格证书,关键是进不了医院实习,拿不到开业执照。经历了不少的挫折和磨难才争取到了旧金山一个私立医学院插班生的机会。于是由杨爱伦继续打工供我读书,我一生中第 3 次当医学院学生,3 年后最终去纽约的一个犹太医学中心当住院医师,这是我一生中最刻骨铭心、难以忘怀的一段异国医学生涯。

苦役般的住院医师生活

犹太人真不愧是世界各行各业中的经营高手,这所位于纽约黑人区犹太人开办的医院至少有 50 年的历史,约 800 张床位,极像当初的广慈医院。沿街是个大草坪,有喷水池,有亭子,周边种着不少枫树,还有花花草草的点缀,病区是由一栋栋洋房及过道连成一体,最高也就二三层,房子显得有些古老,电梯是 20 世纪 30 年代铰链门式的,开起来有点摇摇晃晃,进楼每层有 10 余间病房,有单人的,有两三人的,也有十几个人的大间。地毯大多是紫红色的,也很陈旧了,都有斑斑驳驳的污迹。医院的医疗设备包括化验室、X 光机器都比较陈旧,但医院的病人每天火爆,病床周转率极快,每天赚着大把大把美金的犹太人,就是讲究实际,本来此地就是贫民区,犯不着在医院的外观条件设备中去投入太多的资金,医院每年从卫生部争取到不少训练住院医师的名额,光内科就有 40 多名,几乎清一色的都是具备多年临床经验的外籍医师。有不少来自印度、巴基斯坦,也有来自苏联及欧洲各国的,来自中国的就我一人,好不容易遇到一个缅甸来的中国女医师却不会讲中文。

第一天上班,主任说了句:"女士们,先生们,欢迎大家从世界各地来到本院,从现在起考验你们的严峻时刻就开始了。"从那天起,院方付给我们廉价的年薪,却让每个医生像奴隶般地一周工作长达 100 小时,而取得最大的经济效益。我们这批外籍医生付出了苦役般的劳动代价后,也学到了美国的临床经验,熟悉了美国的医疗体制,取得在美行医的资格,两不相欠。

最让我终生难忘的是每三天就有一次的医院通宵值班,从早晨 7 点进医院做完当天日班、到下午 6 点接班起,每一个住院医师负责七八十张床位。从那一刻起,要抽完明天所有要化验的静脉血,随时要抽测试血气分析的动脉血,要打、要换的静脉输液的导管连同导尿管,以及病人的临时紧急处理,再有从化验室、X光室,每个病人的主管上级医师及病人家属随时打来电话都要一一回答。更主要的是平均每晚有5~8名急诊病人入院,要做完所有的入院检查,包括抽血、X线片、心电图等,电话请示上级医师开出医嘱,还要即刻完成英文大病历。一夜未曾合眼,刚刚赶回值班室想打上几分钟瞌睡,就在这时那最最要命该死的抢救信号,"嘟—嘟—嘟—"像盘旋在上空的幽灵,提示着死神的即刻到来,催命般地让你心惊肉跳,重新打起精神赶到那个病区,立即投入由五六名医生组成的抢救小组,最多一晚要跑五六次。

有一个情景更让我铭刻在心,有一段时期,天刚破晓,我几乎都会在同一时刻去一个病区的拐弯角,那里有着一扇和母校老红楼极为相似、嵌着彩色玻璃的窗子,随着晨曦一道微微的光透过彩色玻璃射入楼道,五彩缤纷,十分耀眼,直刺我的眼帘,使我一阵眩晕,不由自主地停下匆忙的脚步,失神地站在那里,竟会幻现出一个年轻的医学生,年龄是我的一半,腋下夹着一叠讲义,急急匆匆步入老红楼,上二楼顺楼道一拐弯,一眼瞥见那块我既熟悉又喜爱的彩色玻璃,顿时产生出一种对美好前程充满无限柔情的憧憬。

是一个印度医生的脚步声把我从失神中拉了回来,此时我不禁一声叹息,内心发出呻吟般的呼唤:"噢!太阳赶快升起吧,让我尽快赶去晨会的汇报,再熬到下午,可以拖着三十多小时未曾合眼的疲惫不堪的身子步出病房。"在医院对面马路,有杨爱伦的汽车在等我,一上车我就会像头死猪即刻进入梦乡,让我的魂魄飞越时空,飞越大洋,飞回到我那魂牵梦萦的故乡。

悬壶济世　美国开业

在海外经历了 9 年的摔打，1990 年我在旧金山中国城开业，时年四十六。真是始料未及，当时租的那套诊所竟然会是我刚下飞机打的第一份工的所在，我曾经在那里帮一位骨科医生替病人做理疗，现在成了我的私人办公室。人到中年几乎仍是一无所有的我，感到此时的命运开始了真正意义上的转机，人生的机遇终于在历尽沧桑之后为我开启了一道立业的大门。二十年的走南闯北，从上海到边疆，走过了世界之都纽约，具备了内外各科的临床经验，了解了两国医学文化，掌握了多种语言的能力，加上杨爱伦多年在医院打工所积累的对付美国错综复杂的医疗保险的经验和技巧，趁着大陆门户开放后的移民热潮，凭着勤勤恳恳的敬业精神，我终于在旧金山的中国城里悬壶济世，游刃有余，打出了在异国他乡属于我个人的一片天地，实现了当初想做的一个既平庸又实际的"美国梦"。一晃 19 个年头，直到一次偶然的阅读才意识到事情原本是不应该这样的。

大约在两年前，一次偶然的机会，我读到一篇关于台大医学院一届毕业生三十多年后校园会的详细报道，有 200 多人，其中 40% 去了欧美，有一半成了当地医务界的名流，留在中国台湾地区的 60% 大多也成为医学界的泰斗。按年份来算，他们与我们应该是同龄人，据说当初台大医学院的师资大多来自上海，同我们母校来比当属次一等，而那时的台北还远不如上海，所谓的"亚洲四小龙"尚未起飞，回顾历史这是一个无法争辩的事实。使我想起朝鲜电影《金姬和银姬的故事》，银幕上的宣传，必然要去经受现实生活中的检验。真如黄平同学所说的那样，我们今天的一切无不与我们经历的时代息息相关，所以我们今天在这里回忆、怀念甚至留恋，真是对过去岁月的解读。

当初我们这一批同学，真好比是被一个无可奈何的母亲早早送出家的一群孩子，经历了 40 年的千辛万苦、艰难坎坷，如今重聚家门，所谓成功也好、不成功也罢，无论是轰轰烈烈还是平平淡淡，作为同窗七载的校友，希望能有更多的同学一起来对过去的岁月作更为深刻的解读，汇编成册，留下一个见证，在那个特殊的年代，曾经有过这样一批医学院学生在近半个世纪的漫长岁月里，走过的是一条怎样的路。

林毅(右一)与童新辉(中)、陈长兴(右)两位同学在旧金山的别墅前合影

迟到的追思

——怀念余亚男同学

林　毅

　　我和余亚男同学可谓素昧平生。大家都知道,在那个年代,大学里同一小班的男女生之间肯定十分相熟,同一大班而不同小班间的男女生可能相熟也可能不相熟。但是同级不同大班、甚至于同校不同级的男女生之间基本是不会相识的。我在乙大班,余亚男同学在甲大班,所以直到毕业时,我仍然不知道有这样一位与我同窗七年的女同学的存在。

余亚男同学

　　大概是在 1972 年抑或 1973 年,那时我在新疆哈密附近的矿区医院当医生,一天我突然得到一个信息:余亚男同学在甘肃突然离世。当时我极为震惊,像遭了雷击般的打击;同时也心生困惑,一个年轻的生命怎么说没就没了呢?就像一根火柴,刚点燃瞬间就光灭人寂了。这个困惑常常会让我惴惴不安,所以在后来的日子里,无论是回沪探亲,还是定居海外,只要遇到甲大班的同学,我都会有意无意地探问此事,直到去年毕业 40 周年返校、参加校友滁州之行时,才从甲大班的邱志伟夫妇口中了解到当年余亚男别离人间的种种细节。

　　长话短说,当年余亚男辞别了故乡上海,在甘肃农村经历了一段十分艰难的生活后,面临被重新分配去甘南藏族自治州工作。甘南是一个极度闭塞和贫困的藏区,由于身体比较羸弱,余亚男自知不适合在那里工作与生活,于是她努力说服相关人员,恳请分配到其他地方,但事与愿违,得到的却是当地领导严厉地批评与指责。常言道:凡事都有限度。面对这种"待遇",余亚男无法忍受,于是她做了最不该做的选择,进行了自我了断:在一个风寒月残的夜晚,独坐在清冷凄寒的地下室里,她泪痕满面、万念俱灰,手舞长袖、足底生云,就此魂断蓝桥。

按现在的思维模式来分析,当年面对余亚男的请求,倘若当地相关人员采用合情合理并充满人性化的工作方式,其结果一定会大不相同。但非常遗憾、同时也十分令人痛恨,那些干部并未采用动之以情、晓之以理的方式,竟然推行粗暴与野蛮的方式,这大大超过了余亚男心理承受的限度。试想,一个在大城市里长大并受过高等教育的女孩子,在特殊年代中响应党的号召、接受了祖国的安排,来到了偏僻的大西北尽心尽职为当地老百姓服务,而结果竟然是……当然话说回来,假如余亚男内心再坚强些、假如她再智慧些,结果也一定会不同的,但是世上没有"假如",我只能扼腕叹息。

时光永是流逝,街市乡村依旧太平。在一个时代中,一个年轻生命逝去根本算不上什么,更何况在那个特殊的年代。但是我想说的是,如果……如果不是在那个年代,余亚男同学当时应该是穿着白大衣,带着一名大学刚刚毕业的女孩子的矜持,怀着对前景美好的梦幻或走入病房或步出手术室,她也应该恋爱、结婚、生子,有她个人独特的人生……可是,她年轻的生命就这样戛然而止,像一朵小小的蒲公英,刚刚绽放,突然间花谢成絮,在那荒凉孤寂的边塞之地,随风而逝便再无踪影了。

往事如烟,快四十年了,我终于在69届校友会编制的《我们走过的路》的录像里,见到了余亚男当年大学时代的照片。她的模样颇像我们高中时代阅读鲁迅文章中提及的刘和珍君,带着几分文气,看上去十分温和。于是那早已湮没在细细流长时光里的情节，此刻就像暗房里的照片，在显影水里渐渐地由模模糊糊的轮廓变得十分清晰起来。

作为与她同窗七年的一位素昧平生的同学，今天乘大家离校四十年的人聚文汇的机会，为她留下一点极不成熟的怀念性文字，只是想让大家还能记得当初我们曾经有过这样一位女同学的存在，却在那个年代早早陨落的年轻生命。如今我们在回忆与解读彼此共同走过的路的种种艰难困苦、成功和辉煌时，我们也应该向这样一位同学表示深深的悼念。

此刻身处异国他乡的我，独坐在灯光下，窗外的路灯幽暗，景色朦胧，回首往事，想起我并不相熟、但毕竟是同窗七年的余亚男同学，我的心情感到特别的沉重……

读完上文，感慨无法用语言表达。我的父母亲和余亚男的父母亲是世交，我和她在进入二医前已相识。入读二医后，我的学校生活不很顺利，亚男虽然仅仅大我几个月，却像个大姐姐经常给予我安慰和鼓励。那个年代，在我的心灵中，她的话语尤如沙漠中的清泉。

1970年我去新疆工作，亚男去了甘肃。我在1973年才有机会回上海探望父母，并上她家拜访了伯母。伯母痛哭着告诉我亚男已离世，闻之如惊雷劈头。亚男是我同学和朋友中最早走的，而且是走得如此让人悲伤。这么多年来，我仍然能看到她清纯的双眼。谢谢童新辉找到林毅写下的文章，也谢谢林毅写出了不少同学包括我在内的心中的回忆，读罢林文，触动我更要感谢生活，时至今日，我还能工作、还在行医，感谢于母校，在此祈福所有学友健康快乐，珍惜每一天，因为有的同学没有等待到幸运……

夏人霖

2018年1月23日于芝加哥

为了生命的呼唤

——一位麻醉医师的心声

马积恒

　　我们不约而同地选择了"医疗"这个职业,一辈子共同面对病人痛苦的呻吟,于是,减轻他们的痛苦、延长他们的生命就成为我们的共同目标。为了这个目标,我们敬业、团结、进取,不断努力,历尽艰辛。无影灯下、手术台前是我们的战场。在此,我们献出了青春热血、智慧、才华、学识和毕生精力。

生与死的距离居然那么近

　　手术台上什么饥饿疲倦,什么儿女家庭,一切都抛到了脑后。在一大堆监护仪器中仔细观察分析病人的各项指标和生命体征。我们是生命的守护神,在与死神争夺生命的过程中,我们真切地体会到了生与死的距离居然是那么的近。

甘肃省临泽县鸭暖公社的枣树旁
（1976 年）

　　想起多年前的一个病人,手术完毕换床时突然发生心搏骤停,这真吓坏了我们麻醉医师,责任感与使命感催促着我们开始有序地急救。重新插入气管导管,接上呼吸机心脏按压,静脉使用肾上腺素等药品,并且请心血管内科主任紧急会诊。当时病人的心电图显示一条直线,心血管内科主任说这个病人心跳停止已有半个小时,可以放弃抢救并宣布死亡了。我想好不容易做好手术，是不是再看看病人的瞳孔？我看了一下瞳孔没有散大，激动地大声说"瞳孔没有散大，我们坚决不放弃！"众多外科医师，甚至泌尿科医师都来接力帮助做心脏复苏，每个人按压得汗流浃背，汗水还湿透了工作帽，直到55分钟以后，奇迹发生了：病人出现了紊乱的自主心率！"有心跳总比没有好！"大家一阵雀跃。于是，我们继续边用药物纠正心率，边密切关注病人的生命体征，在大家的努力下，病人的呼吸渐渐恢复了，神志也慢慢清醒了。

唉！想想每一个病人的平安都来之不易啊！从这件事情我们总结了一条经验，病人换床时一定要轻轻抬起、慢慢放下。

冒险麻醉

在一个阳光明媚的下午，时间已近下班，我突然接到一个电话，说有一个急性肠梗阻合并肿瘤患者需要马上手术。诊视病人时，我详细询问了病史：半年内有心肌梗死住院史，并且近期多次反复发生心痛、胸闷，心电图显示有陈旧性心肌梗死。经评估，这样的心脏难以承受手术和麻醉，但是外科医师和病人家属却强烈要求手术。于是，我们又进行了全方位的商讨并达成了共识：倘若放弃手术，病人肯定有生命之虞。本着救死扶伤的使命，我们可以冒一下险，放手一搏，尽最大的努力争取最好的结果，同时认真做好预案以防不测。

手术按计划有序进行，麻醉前先把除颤电极贴好，以备急救时用。麻醉诱导既缓慢又平稳顺利，手术中探查时和切除肿瘤时，病人血压一度下降，心律失常，还产生室性早搏二联律，我们及时用药纠正，手术继续进行，直到手术结束送重症监护室，病人情况日渐好转，最终如愿出院。家属问我为什么会这样顺利，我总结有以下几个经验：一是术前禁食输液使血液稀释；一是麻醉药物使心血管扩张了；三是用机器监护了病人的心跳和呼吸；四是术后又得到内外科和全院上下的重视。

肠梗阻小患者

通过我们的努力，曾经无数次地把濒死的病人救了回来。当然，那的确是我们应该做的。病人对麻醉往往会有不良反应，恶心呕吐、大小便失禁等，但我们从来都不怕脏，只怕病人误吸呕吐物而窒息导致意外死亡。当我们接到急救求助电话时，会迅速奔向病人，给他（她）做心肺复苏。那时，病人的脸色是多么可怕，口腔的气味是多么难闻，只有我们能够深深体会。

有这么一名肠梗阻小病人，是本院某医生的儿子，才13岁，个头瘦小，但非常可爱、听话和懂事。

手术中，我们选择用硬膜外麻醉，麻醉刚刚开始起作用，小孩就有血压下降，在处理血压时他开始呕吐，麻醉医师一边给他反复测量血压，观察心电图和呼吸频率，一边及时擦去他的呕吐物，以免误吸、窒息。这种呕吐物就像粪便一样臭。过一会儿病人停止了呕吐，但我们又闻到了更臭的味。哇！病人的大便下来了，多得不得了，那是宿便，奇臭无比。"大便下来了大便下来了！"医生们欢呼了，全然不顾满房间的恶臭。

结果这个孩子没有手术，肚子就软了，观察几个小时后送回病房，然后出院了，听说再也没有犯病。所以说，麻醉也能治病。上述三个故事中的病人一个手术顺利的却差点死掉了；一个原本以为无法医治的最终却活得好好的；一个接受麻醉以后问题竟然全部迎刃而解了，不开刀就恢复健康了。

众所周知，人最宝贵的东西是生命，为了生命的召唤，我们争时间、抢速度，提高观察判断分析水平和各种救治技能。临床医生总是面对那些凶险的疾病和疑难杂病，觉得自己的知识面不够广、不够深。所以他们都很谦虚，爱学习、会学习。我们麻醉师也是如此，潜心学习、不断钻研。虽然我们与他们分属不同的岗位，有不同的角色和分工，但是我们有一个共同的目标，那就是让病人平安康复！

贵州十年

桑 俊 邰 毅

年华似水。沸腾的学校生活仿佛还在昨天,转眼我们已由当年充满朝气的青年,步入到"夕阳红"的群体,真是感慨万千。40 年来,我们在困难和希望中奋力前行,一起迎来了改革开放的新时代。回首往事,太多值得怀念的过去留在了我们的记忆之中。

下乡锻炼

1970 年夏,我们被分配到贵州省毕节专区赫章县。当时,我们对前途一片茫然。那是乌蒙山区崇山峻岭中的一个贫穷县,红军长征时经过的地方。这一年,全国各地分去的大学毕业生就有七八十名。劳动锻炼时,电动机车、自动车床等专业毕业的分到县农机厂造马车,建筑、水利等专业的去修水电站。大多数被分

桑俊(前排左二)与各地医学院分到赫章县的部分人员合影(1975 年)

到水和交通等生活条件相对好一点的生产队务农。我们被安排在赫章县的财神堂区鱼塘公社干农活,劳动强度远远不如在上海郊区参加"三夏""三秋"时那样繁重。

赫章是当时全国"农业学大寨"的先进县,我们所在的生产队又是先

进生产队。在那个极"左"的年代讲的是"政治工分"第一,"劳动工分"第二,农民生产积极性普遍不高。耳闻目睹了山区的贫穷和落后的面貌,这深深触动了我们。当时的县领导都是三四十年代参加革命的干部,比较讲政策,这使我们在那个歧视知识分子的年代里,境遇要比预料的好。

我们这个点有5人,住在一户彝族农民家。那是用泥巴、石块砌成的草屋,女的住一小间,男的则与猪为"邻",只不过是住在"阁楼"上。吃的粮食以玉米为主,磨成粉后蒸熟当饭,吃时干乎乎的,一不小心就呛嗓子。当地人习惯用红豆酸菜汤下饭。酸菜是用青菜发酵而成,闻上去一股馊味,后来习惯了,倒也觉得好吃。还有就是凉拌"折耳根",即鱼腥草。初吃时,感觉是樟脑味,久而久之,大多数人都会喜欢。那时生活用的水是挑山上的溪水。烧饭和冬天取暖的无烟煤则是随处都挖得到的,若买的话,3角钱就能买100斤。

在山区,地无三尺平,简直放不稳一张凳子,行路就更难。生产队分散在山的两侧,上山干活,上上下下就要几个小时。我们的住处离县城六十多里山路,途中要经过一座陡峭的山峰,几年前有几个人在那里被杀害,我们人少时是绝不敢走那条道的。公路不通客车,往往得求司机才能挤上那堆满东西的货车。山里的司机很玩命,在那坑坑洼洼、只有车身宽的盘山公路上开得飞快,但也很少听说出车祸。不像现在,即使是平坦的大马路上也车祸连连。为了搭便车,桑俊曾有一段至今想起来就好笑的经历。有一次,经人指点,他特地买了半包香烟,去找能帮忙找车的人,走到路边看到一个运输站,给人递上烟、点上火,闲聊半天才讲车的事,人家一听就说,不行呀,我们是管马车的。

有时我们也被抽去参加巡回医疗队,走村串户在深山里精疲力尽地走上一天,看不了几个病人,倒是目睹了不少山区缺衣、少粮,甚至少盐的贫困景象。下乡时要有老同志带着,否则吃住都难有着落。邵毅和一位50年代从上海到那里的助产士结伴,她事先关照,下乡有吃就吃,不要怕不合口味,下一顿还不知在哪里就餐。于是邰毅一路上吃农民烤熟的马铃薯(那也是农民的口粮),只要有就吃。谁知晚上宿在一位条件较好的赤脚医生家,那家人还特热情,杀鸡、蒸腊肉、煮白米饭……这时的邰毅已是"望鸡兴叹",什么也吃不下了。桑俊在公社帮忙搞外调时,有次和一位华师大的大学生一起在山里跑了一整天没有吃上一顿饭,回来后公社书记颇为奇怪,第二天就带他们下去,一个上午竟吃了 5 顿。这都是当时生活中苦中有趣的插曲了。

正式行医

一年后,我们被分配到野马川区区医院。这个区是全县最富的地方,每月有 30% 的大米供应!医院坐落在通往四川和云南的大公路旁,也是全县最繁忙的区医院。刚到那里,全院连我们共有 17 人,行政、勤杂人员就占 6 名,除分来的 6 名大学生,老医务人员中只有三名护士,因此医生有时是要顶护理班的。到了晚上,常常要提着煤油灯打针、输液、抢救病人……。医院也不分科,没有上级医生,书本就是老师。内、外、妇、儿、口腔科的病人都得处理,每逢手术或抢救病人,大家一起干,也不分日夜。星期天是赶场(集)的日子,一个医生上门诊,往往应对的是一二百人。喧闹声不绝于耳,眼前尽是晃动的人头、挥舞的手臂,这时只能关注其中的重病号,其他的就头痛医头、脚痛医脚了。

最最忙碌的是值病房班,16 张病床往往收治 24 名各科病人。由于卫生条件差,检查病人时虱子都会爬上听诊器。传染病因此也特别多,伤寒、白喉、流脑、麻疹、肝炎、斑疹伤寒等以及伴随的并发症年年都见得到。过去只在书本上提到的重度脱水、严重的酸中毒、非洲贫穷儿童那样的重度营养不良,也经常能见到。

邰毅作为女医生,还要参加计划生育工作。如引产、刮宫、上环等,在学校只是见过一次人流,此时也只好翻着书,边学边干。总算顺利,逐步得到了群众的信任。由此,1976年邰毅2次带县里组织的小分队到其他区医院,帮助开展大规模的计划生育工作,并得到好评。男医生虽然不参加计划生育工作,但值夜班有产妇来时也得接生。有意思的是一位贵阳中医学院毕业的男医生,老是碰到难产,有一天,只听他在产房大呼:"又是一个屁股",原来他已经碰到好几个胎儿臀位产的孕妇。进产房时看到他手舞足蹈的着急样,在场的都忍俊不禁。

这个区也有苗族居住,他们很少来看病。进苗寨若无苗族"赤脚医生"带领,被狗追咬也是平常事。苗族人家里多无床,冬天裹着麻布围在火炉旁睡,烤热了就翻个身,一夜翻几次身天就亮了。苗族男孩子长得很秀气,结婚前头上都盘着辫子,不知道的会以为他们是女孩,以至于征兵体检时,军医开始都不敢多看他们一眼。苗族妇女通常只穿几层裙子,不穿内裤。大小便时身子一转,裙子散开,蹲下就方便。他们偶然病重住院,治疗三天不见好就走。苗族人耿直,一旦信任就真诚相待。邰毅就结交了一个曾经当过妇女干部的苗族妇女,还到她家作过客。

当地农民常说,医生治得了病,救不了命。年纪大的病人知道自己病重就回家,唯恐死在外面不能抬进家门。临走前会谢谢医生,颇有视死如归的气概。我们曾遇到有的穷苦农民拿着鸡蛋来挂号,卖了农产品再取药。有次一个苗族农民,牵着家中与生病小孩同时出生的一只羊来抵住院费用,看了真令人心酸。

那时,我们这些每月拿工资的就算生活在"天堂",不过"天堂"里也没什么娱乐。有一年,我们养了5只母鸡,不但抢窝生蛋,还挺亲热人,给我们增添不少乐趣。不过乐趣是有了,粮食却不够了,又增加了些烦恼。每个月最令人高兴的日子莫过于供应猪肉的时候,每逢这时,那个成天板着脸的院长就会笑眯眯地出现,兴奋地告诉我们每人可买一斤肉的喜讯,就像天上掉下个"馅饼"来。其实也真有掉"馅饼"的时候。冬天,牛摔伤,当地人大多数不吃牛肉,我们就能以8分钱一斤的价格买到许多,大大改善了生活。有一个区的大学生们曾经花10元买到一头受伤的牛,吃了肉,剥下的皮拿到收购站还卖了8元钱哩。

在区医院的几年,是我们在贵州十年里最忙碌的日子。后来,我们分别调动到县医院、县保健站,工作相对单纯,生活规律了,反而显得轻松了。

我们的父母是20世纪30年代的大学生,因战争随学校流亡到贵州,曾经先后在云、贵、川学习、工作、生活了8年。他们常说,我们现在比他们那时好多了,他们那时不仅生活艰苦、物质匮乏、交通闭塞,更要遭遇日本飞机的轰炸,生命都没有保障。他们的话使我们在最感困难的时候能随遇而安。

值得一提的是在贵州,我们结识了不少全国各地来的朋友。我们一起度过了十年浩劫,彼此气息相通、命运相同。他们当中很多人极具才华,如今这批人都已离开赫章,大多事业有成。当然,其中不乏调皮捣蛋、搞恶作剧的高手,他们每一个人的故事都能写出一部小说来。

重 回 赫 章

2007年,我们旧地重游,又回到了赫章。毕竟我们的青年时代中最宝贵的十年是在那片土地上度过的。

那里已变得完全不认识了,县城大了,马路宽了,楼房多了。公路也现代化了,以前需要一天的路程,现在几个小时就到了。公路上都是骑着摩托车的农民。农民基本都看上了电视,很多人用上了手机。年轻人的服装也跟上了时代。在公路旁还巧遇彝族迎亲的轿车队,再也不是当年骑着骡子娶亲的景象。新造的县医院已配备上CT等医疗设备,连病种也不同以往,高血压、冠心病、糖尿病等已成为当地的常见病。如今的县领导都是大学毕业的。在县政府的招待宴上,年轻的县长说,进了七星关(县界,传说是诸葛亮祭灯的地方)就是赫章人;出了七星关,还是我们赫章人。令人十分感动。席上我们喝到本县自产的罐装核桃汁,他们说，这饮料已进入人民大会堂……

小平同志说"贫穷不是社会主义"。改革开放后的山村巨变使我们感到非常欣慰，对祖国的繁荣充满希望。

多年来，我们在基层干着极平凡的工作，以"清清白白做人，认认真真行医"自勉，没有辜负学校的教育和培养。学生时代及毕业以后的经历将成为我们珍贵的记忆，永远伴随我们的一生。

邰毅(前排右一)在井冈山步行串联
(1966年)

桑俊(前排右三)在九郎山雷达站军训
(1964年)

"文革"中，邰毅(前排左一)在东方红医院
(现瑞金医院)

邰毅(前排右四)与县医院部分医务人员
合影(1975年)

情系宁夏　无怨无悔

——难以忘却的记忆

吴志美　沈伯荣

　　1970 年初夏，延迟一年毕业的我们终于毕业分配了。记得当时的分配原则是"四个面向"和"上海一个不留"，所以我们年级同学全部被分配到祖国的大西北、大西南，并先后离开

吴志美

了家乡上海。从此，天南地北一别就是 40 多年，直到 2006 年后才陆续有了音讯。在这里真要感谢互联网时代，感谢"微信"，使失去联系的我们又连在了一起！不出家门便可见字如面。

　　我 25 岁离开上海，至今在宁夏工作生活了近 47 年，度过了人生的黄金时期，从一个单纯本分的青年日臻成熟，成长为一名医院的管理者，为宁夏人民的健康事业做出自己的贡献。在宁夏这片热土上我实现了自身的人生价值，对此我无怨无悔。47 年间我最难以忘却的往事常历历在目，并以此激励我的儿孙们，每次他们都睁大眼睛露出不可置信的神情，最终还是理解并明白了父辈的付出和不易。

庙 台 四 年

当初我和爱人沈伯荣是被直接分往宁夏石嘴山市。"石嘴山"对从小生活在上海的我们来说,是一个十分陌生的地名,但是我们从地图上找到了它。原来宁夏是个不大的回族自治区,而石嘴山市是个地级市,正位于铁路沿线上,离上海 2 000 多公里,交通还是比较方便的。

那天,火车载着我们越驶越远,车窗外的景物逐渐变了,不再是一晃而过的树林、河流……取而代之的是一片一片戈壁沙漠和从未见过的灰褐色的矮小灌木丛,偶尔闪过几座土坯民房却不见人烟。这就是宁夏吗?心里不由忐忑起来,但随即一想有着大学里连续几年的"三夏""三秋"下乡与当地农民同吃、同住、同劳动的经历,又有什么可担心的呢?

当我们走进宁夏才了解宁夏回族自治区素有"塞上江南"的美誉,不仅是古代丝绸之路的必经之路,而且地处黄河上游,水系发达,资源丰富,是黄河水养育了这里的一方儿女,所以又有了"天下黄河富宁夏"之说。而石嘴山市则是一个因煤而建、因煤而兴的新兴工业城市,在全省仅次于省会城市银川,是全省的工业支柱,国家给予了不少扶持政策。每年来自祖国四面八方的建设者和大学毕业生先后聚集生活在这里,甚至在"文革"期间,北京的一个京剧团、东北一个钢铁厂和天津第四人民医院都整体搬迁到这里,所以石嘴山市可称得上是一座移民城市,并不闭塞。

在市里报到以后,我俩被一杆子往下分到郊区的庙台公社医院。当时的农村还是相当落后,交通十分不便,不像现在,村村通有柏油马路并有直达的公交车。庙台公社离市区 20 公里,交通工具就是毛驴车、自行车和顺路可搭乘的拖拉机。所以我们只能把行李托运在一辆拉牛草的拖拉机上,然后自己步行前往。说是 20 公里其实远远不止,我们相互鼓励着,从中午一直走到天黑才远远看到医院。迎接我们的是梳着两条长辫子的护士陈虹琳,从她表示欢迎的目光中透出了明显的不信任。好强的我们决心要以自己的行动改变他们的偏见,证明我们能够吃苦,而不是"娇骄两气"的上海人。

放下行李的第二天,沈伯荣就参加了为期一个月的全市十大公路大会战,担任本公社民工的随队医生,与当地社员同睡一个炕、同吃一锅饭。一个月下来,在受到表扬的同时还"收获"了一身虱子。当我把他换洗下来的衣服全部泡在水里煮沸后只见上面漂着一层白白的虱子,令人毛骨悚然!至今我还清晰地记得每当我们到农家出诊时,只要坐到炕上虱子就能以惊人的速度爬到身上并且在衣缝上产下一排排白色的卵。为此,每次我都不敢坐炕宁可坐在硬板凳上。不过随着社会的不断进步,农村也发生巨变,那些臭虫、跳蚤、虱子早就绝迹了。

记得我第一天上班坐诊时,只见一位妇女伸出胳膊朝我桌上一放,然后一言不发望着我,我笑笑说:"我是西医不会摸脉的,你哪里不舒服"?她不解地回答:"那咋看病呢?"自那以后,我俩都学会了摸着病人的手腕察言观色慢慢揣摸,只要第一句说准了他们就会滔滔不绝告诉我们病情了,只有适应了当地习俗并取得信任才能打开工作局面。沈伯荣在这方面比我行,在很短的时间里就开始为赤脚医生培训班讲课,并先后开展了针灸、按摩、小手术,甚至为农村妇女接生等。我记得刚去的那几年冬天特别冷,尤其在夜间寒风刺骨,气温在零下 30 摄氏度以下,凉气直灌双腿感到透心的冷,而越是寒冷越是到半夜叫出诊的也越多。因为没有值班制度,老乡相信谁就敲谁家的门,只要听到一阵脚步声、一阵咚咚敲门声,"沈大夫"就得立即从温暖的被窝里起身前往。

每到半夜,特别是寒冷的冬夜,只要听到外面一点点动静就立即会从梦中惊醒,心跳加快,一下子翻坐起来。那时卫生院是不分科的,什么都要懂一点,什么病都要会处理,所以在农村那段时间练就我们一身本领,会判断轻重缓急,会处理各科常见病,还会对付各种突发的甚至意想不到的急症,成了本公社小有名气的上海大夫。

因为从小生活在上海,我们的饮食习惯与北方不同,尤其离不开大米和青菜,而庙台公社不种水稻,所以这是我们到宁夏以后生活上遇到的最大难题。幸运的是,不久沈伯荣的赤脚医生徒弟千方百计从当地劳改农场给我们搞来大米和大白菜,真是帮了大忙了!尽管当地的鸡蛋每只1角钱,母鸡每只5元,我们还是自己种菜自给自足,并在门前小池塘养了一群鸭和几只鸡。那时我们都不会宰鸡杀鸭,记得沈伯荣第一次杀鸭子,头都掉了可身子还在摇摇晃晃地走,真把我们吓坏了,从此再也不敢自己动手,每次都要请社员帮忙,只见他们双手合掌口中念念有词,然后才动手。在那段日子里,我们逐渐习惯了吃羊肉和面条,学会吃辣椒。这里的社员吃辣椒的量是惊人的,所以每当看到我们满脸冒汗吃着红红的辣椒拌面时他们都会竖起大拇指称赞"上海阿拉,不辣不革命"!

家 乡 情 愫

在远离家乡的四十七年间,来自家乡的同学情、老师情、母校情,让我们收获了太多的感动。家乡情愫温暖激励着我们,一路陪伴着我们成长。

记得刚到庙台公社不久的一天,突然被告知,有人来看我们,会是谁呢?当我看到眼前一张满脸是汗的熟悉面孔时,一下怔住了,哇!是丙大班的袁振德。在远离家乡的宁夏能见到同学真是太意外、太令人感动了!原来他打听到我们俩分到庙台,竟然也步行20公里来看望我们,感动的、惊喜的眼泪忍不住在眼眶里打转,同学之间的关爱、无私的关切让我们深深地感动了。袁振德很聪明,最让我钦佩的是他靠着"文革"时期学到的有限的知识与技术,在后来调入银川市第一人民医院后硬是参照手术图谱完成了一例例外科手术，在单位站住脚并有了自己的位置，他的这种精神一直是激励我们战胜困难的榜样。

在农村，我们还遇到"6·26"从市里下放到尾闸公社医院的曹福崇、钱尚言夫妇。他俩于1959年毕业于上海第一医学院，是第一批分配到石嘴山市工作的上海医学生。经历了"三年自然灾害"和"文革"十年动乱，吃了不少苦也经受了不少磨炼，但一直坚持在宁夏工作，他们是我们业务上的老师和学习的榜样，经常在工作上指导我们、帮助我们，在生活上还给予我们兄长般的温暖。后来他们分别成为宁夏著名的妇产科专家和中西医结合专家。

陈洪祥、邵跃伟、俞育凤、汪彩萍都是我们到宁夏后结识的上海大学生，在生活上，他们同样地给予了我们家人般的关心和温暖。每次探亲往返，他们在市里的家就成为我们中转的驿站，我们的又一个家。我们都是同龄人，共同的经历让我们成为挚友。

丁永生，母校68届的毕业生，在宁夏盐池县医院工作后调至银川宁夏医学院附属医院，几年后就成了宁夏知名的放射科专家。一次偶然的机会，我认识了他，后来在我担任医院院长的前后，他连续几年不辞辛苦往返银川与石嘴山，手把手教我院的放射科医生掌握CT技术，为大家讲课、读片与会诊。我院放射科因此走上捷径并迅速提高了整体水平，成为全市放射中心。老同学的支持与帮助，我一直铭记在心、感恩在心。

2000年，在国家发出"开发大西北"号召的感召下，经上海和宁夏两地农工民主党的牵线，在石嘴山市招商引资项目签约大会上，我院得以与母校附属仁济医院正式结为友好医院，会后即在我院举行了隆重的挂牌仪式及为期一周的首届科技周，仁济医院的专家们以精湛的医术、渊博的学识在我院坐诊、查房、会诊、手术和讲座，一时在全市传为佳话，形成轰动效应。

自 2000 年以来,我们从未间断地连续举办了 16 期科技周活动,同时分期分批选派中层干部、医护人员到上海仁济医院培训和进修,由此获得开阔视野、转变观念、提高技能的最佳效果。十六年来,仁济医院以上海支援全国的无私精神,充分发挥自身优势,推动和带动我院加速实现科技腾飞,成为石嘴山市卫生系统的排头兵;十六年来,我院的领导班子换了一届又一届,但与仁济医院的友好关系不仅延续而且更加紧密,合作更加广泛,作为受益方的我们每当想到这些,都不会忘了两位"红娘":上海农工民主党时任主委李根元和宁夏农工民主党时任常务副主委顾其湛;不忘上海仁济医院时任院长朱明德;不忘石嘴山市时任副市长朱佩玲的大力支持,是他们促成了南北两家医院牵手,圆了我的一个梦。

扎 根 宁 夏

人这一辈子会遇到很多次的选择,特别是在人生转折的关键时刻,一旦做出抉择就会步入一个新的人生轨迹。

在庙台工作 4 年后,我们调入了石嘴山市第一人民医院,这是一所建于 1958 年的地市级综合性医院,全院 70% 的医生来自全国各地医学院校的历届毕业生。与我们同时进院的共 6 人,属于"文革"最后一批外地大学生,以后就是工农兵学员,分配原则是哪来哪去,再以后就是宁夏医学院毕业的本土大学生了。所以我们的到来为避免断层起到了承上启下的衔接作用,为此也得到领导器重并加以重点培养。在医院我有幸先后在两位资深科主任手下工作,业务能力很快得到提高并成为技术骨干,赢得了同事的尊重和病人的信任和欢迎。

在 1976 年至 1982 年间,因双方父母年迈多病且身边无一子女照顾,我们俩有了一次又一次调回上海的机会,但是看好我们的领导执意挽留,坚持不放。面对一次次拒绝和真诚的沟通,我们被说服了。在当时的人事制度下，我们不可能硬来，调动也就一次次搁浅了。

1978年后国家恢复研究生招生制度，1981年我哥哥又为我俩提供了赴美自费留学的机会，面临新的机遇和选择，我们再次犹豫了。当时正逢我们的两个儿子相继出生，小儿子尚不满周岁，大儿子才5岁，正是需要我们陪伴呵护的年龄，我们走了，孩子怎么办呢？父母已帮不了我们，太多的眷恋和不舍、更多的责任与担当，最终我们选择了放弃。为解决后顾之忧，我把双亲迁居到北京与二姐同住，沈伯荣也把父母上海市区的房子换到了宝山区的江湾，把二老交给姐姐照顾，这样我们才安下心来。

决定留下的我们得以放开胸怀，更加踏实勤奋地工作，在业务水平不断提高的同时也激发了我内在的管理潜能。自1982年起我开始担任医务科科长，1983年加入党组织，1992年被提拔到医院副院长的领导岗位上，并如期晋升为内科主任医师。1995年，市委市政府又委我以重任，把医院院长和院党委书记的重担交给我，成为我院建院史上第一位女院长、女党委书记。一直以来我的人生目标是能成为一名好医生，能为病人解除病痛、治病救人并以此为荣。而现在我如果能领导管理好医院，就能从更高的层次、更广的层面为本地区人民提供优质的医疗服务、救死扶伤，让更多的百姓受益。基于这个认识，我踏上了"医院院长"的征途，全身心地投入到加快医院建设和发展的工作中。我从转换观念入手，把"一切以病人为中心"的办院宗旨贯穿于医院各项工作的始终，使之成为每位员工的自觉行动。在医院的各个发展时期都采用一个目标、一种精神去凝聚和号召全体员工，使他们始终保持旺盛的工作热情，始终对事业充满信心和追求。通过推出并实施"温馨服务、规范服务、满意服务、承诺服务、高科技服务和跟踪服务"这六项服务系列创建我院品牌，从此医院的工作指标不断翻新，年年攀升，一步一个脚印、一年一个台阶地踏上了加速发展的快车道。到 2002 年我院先后荣获"全国精神文明建设先进单位""全国创建文明行业示范点""全国卫生系统先进集体""全国民族团结进步先进集体"和全省唯一的"全国百佳医院"等二十多项国家级、省部级荣誉称号。我自己也先后被授予"全国三八红旗手""全国归侨侨眷先进个人"和"全国优秀院长"等称号,2000 年 5 月 1 日,国务院又授予我"全国先进工作者"的最高荣誉。我所做的一切都是我应该做的,但是党和人民却给予我如此高的殊荣。如果没有各级领导的信任和培养,没有全体员工的拥护和积极认真参与,光靠我个人是绝不可能做到和实现的。

2002 年我卸任院长职务,2006 年从院党委书记岗位上退休,沈伯荣自 1996 年调自治区妇幼保健院任业务副院长后,又被聘为宁夏回族自治区人民政府参事 8 年,于 2014 年退休,至今仍在发挥余热。退休后的我们现居住在银川。如今的宁夏已从祖国西部一个偏远的不被人注意的

吴志美(左一)在"全国优秀院长"表彰会上

小省,发展变化为今天闻名遐迩的"塞上明珠",尽管东西部差距仍然存在,但宁夏不再落后,不仅拥有现代化的高科技农业设施和独具特色的旅游产业,而且还是西部最重要的能源重化工基地。如今的宁夏经济繁荣,物质供应丰富,人民安居乐业。"天蓝水净,人和物美"的生态环境更是宁夏人民手中一张亮丽的名片。所有这些都是国家改革开放和实施西部大开发及"一带一路"建设的战略决策给宁夏人民带来的福祉。

上海是我的故乡,叶落归根曾是我的期盼。但是在宁夏有我为之奋斗一生的事业,有我们多年的挚友、同事、学生和前辈,更重要的是我们

的儿孙都生活工作在宁夏。我们的根已经深深地扎在宁夏了,宁夏早已成为我们的第二故乡,我们舍不得也离不开宁夏了。

此文经学友蔡映云推荐,69届校友会常务副理事长童新辉多次约稿,以及同班同学徐瑾、张柳辉的热情鼓励下完成,由于语文功底有限,难以把跨度近五十年的人生经历用文字确切地一一表述。但不管怎样,我认为,应该把那些难以忘怀的历史真实地记录下来并展示给大家,这是对我们那段刻骨铭心的经历、也是对儿孙们一个负责任的交代。

来自南半球的思乡情结

徐 瑾

毕业后 40 年的变迁，要用一篇文章来概括所经历的种种人生的挫折和成功、去记载那一段段生生不息的艰辛奋斗、去抒发我们内心太多的复杂情感，真是太难了！我也不怕文笔拙劣，从几乎被尘封的记忆中，挖掘出来点点滴滴记录如下。

1963 年我们满怀浪漫的理想和憧憬进入了上海第二医学院，1970 年我们却是带着困惑和无奈离开了母校，奔赴了天涯海角。

在西北的磨砺

我被分配去陕西省一个当时在地图上都很难找到的小县城。临行前，妈妈默默地为我准备行装，凡是能想到的都装入了我的箱子；爸爸不断地嘱咐我这样、那样，好像我就要到没有人烟的月球上去似的。就这样，我带着装满了双亲对女儿的所有爱的箱子挥别了抚育我成长的亲人和家乡上海，茫然地奔向一个全然没有概念的大西北。

徐 瑾

到了高陵县人事部门报到后，得知我们还要接受进一步"再教育"，立即跟随县里的工作队下生产队"搞运动"，和农民同吃、同住、同劳动、同学习。

　　我当时被安排和几位从西安下乡的知识青年同住在一个由饲养场改建的棚子里。且不说四处风吹雨漏，由于柴火不足，那个土炕烧到半夜就熄火了，人就像睡在湿漉漉的冰块上，使人想起了医院里的××间。不过，对我威胁最大的却还是那些小小的跳蚤，被它们咬得全身片甲不留，抓破后，那就真的成了"赤豆粽子"了。一个月后，休假到西安澡堂去洗澡，看到人们注视我的疑惑的眼光，一定是以为我得了什么皮肤病呢。那些在我腿上留下的瘢痕和色素竟然经久不退，三年后回沪生孩子时又成了妇产科医生和护士众目睽睽的目标。

　　除了下地劳动、开会外，还要帮赤脚医生解决疑难病例。记得有一次，半夜里要我去一个偏僻的村里看一位腹痛病人。没有任何辅助检查可帮助诊断，怎么办？眼看病人痛得直冒冷汗，快要休克了，我想得先止痛。突然脑子里闪过一句口诀："肚腹三里求"，那是我们在上中医针灸课时学的。我赶紧为病人扎了双侧足三里穴位，过了几分钟，病人慢慢松弛下来了。病人的家属脸上露出了感激的笑容，煮了 4 只水潽蛋还加了糖慰劳我。半夜三更的，我哪里吃得下去。不过，我还是深深感受到农民的淳朴和真诚。在我回家的路上，由于不谙在黑夜里骑车，在越过一条隐匿的水沟时，连人带车一起摔倒到田里。我躺在地上，好半天才回过神来，周围见不到一个人影，邻近赫赫有名的养狗村里传来的杂乱无章的狗叫声让人不寒而栗。我意识到，此时此刻没有人可帮我，只好爬起来，推着摔坏的自行车，一瘸一瘸地赶回住地。

　　几个月后，我被通知提前回县医院工作。我和一位女孩合住在一间小小的砖地平房里，厕所在外面院子里。本想在周末可以用煤油炉做个炒鸡蛋改善改善，殊不知在那个极"左"思潮掌控的年代，院里取消了星期天休假，又禁止做小锅饭。食堂里一年半载的所谓改善伙食就是"羊肉泡馍"。不过，这样的困境竟然改变了我们上海人不吃羊肉和香菜的刁口味。

　　说是县医院，规模还不如上海的地段医院。有一台 X 光机，因没有放射科医生和技术员而搁置一旁。有一位内科主管医师对我说，他曾尝试拍 X 线胸片，结果片子上看到的竟是一棵棵像树一样的影像。他希望我能把放射科建立起来。但也有人提醒我："那可是要吃光（射线）的！"。当时我的外公还在世，他来信鼓励我说："旧社会所有的私立医院都办在有钱人的地区，可我在上海的工人区办医院，因为那儿缺医院。你们那儿缺放射科，你就应该义不容辞地把它建立起来，只要自己注意防护好了。"真是"初生牛犊不怕虎"，我在毫无专业知识和技术的情况下竟然自告奋勇地挑起了开设放射科的担子。没有上级医生可以请教，没有技术员协助，一切自己摸索、自己干，从书本中学。

　　我记得放射科开张不久，来了一位用架子车载来的 30 岁左右的农村妇女，我还注意到了她长得很美。她丈夫用家里的鸡蛋换了钱，让她接受了 X 线胸片检查。一看片子，吓了我一大跳，那是非常严重的弥漫性粟粒型肺结核。没有想到三个星期后，传来消息，因为没钱吃药打针，她已经离开人世了。这种在大城市里完全可以治愈的结核病，在这里却因为贫穷和缺少早期诊断的手段，活生生地夺走了一位年轻妻子的生命。这个噩耗第一次震撼了我的灵魂，更激发了我要把放射科建设好的决心。

　　在那遥远的西北小县城里，我遇到了我的另一半。医院分给我们一间在门诊楼上朝北的办公室，两张简单的单人床合起来就算是卧室了，当然厕所还在楼外。在北风呼啸的寒冬，踩在房内冰冷的水泥地上，感到透骨奇寒，只得在室内生个煤饼炉子。有一次烟囱倒风，半夜醒来，头疼得要炸开似的，我们意识到那是煤气中毒，挣扎着爬到窗边，把窗打开，才免于一劫。那个年代因供电不足，停电是家常便饭。我们居住的同一层有个实验室，有人白天用电炉消毒，因停电忘了关电源，半夜来电了,水烧干引发了火灾。幸亏有一位医生晚上起来上厕所,看到了火光,赶紧把大家叫起来,把火扑灭了。我们又逃过了一劫。

我们在考入医学院时的那个理想和热情,终于在大西北的现实中慢慢地沉淀下来,我们面临的是一个要付出艰辛努力去开创的适合乡土社会的医学生涯。

我自知缺乏专科训练,故争取到了回母校的附属瑞金(广慈)医院放射科进修的机会。那时著名的朱大成教授还没有完全恢复职位,下放在门诊透视室,我才能有机会得到这样一位大教授手把手地传授放射学基本知识。这真是我的幸运、我的福分!同时,我也得到了何国祥、江浩、王汝德、唐伯荣等各位老师的关心和指导。这次进修丰富了我放射专业的知识,为开展适合乡村的放射科服务打下了扎实的基础。

在大上海长大的我们,竟然在环境的磨砺下适应了新的人生。为了丰富业余生活,我和我先生把医院里的年轻人组织起来,成立了一个宣传计划生育的文艺小分队。我们把全县独一无二的一架连音都校不准的破钢琴从文化馆搬到了医院。从编导当地的戏曲"眉户"小品到改编舞蹈,从组织乐队(只能算拼凑各种中西乐器)到设计简单服装、道具,一台生动活泼的小节目产生了。医院马院长十分支持,派了医院救护车在下班后送我们去各生产大队巡回演出,演出的效果如此之好是我们没有预料到的。县医院的会议室里挂满了我们小分队宣传计划生育所得的奖状。这里要特别强调,小分队的概念和小节目的形式完全是源自于大学时代参与的文艺小分队,当然县医院的年轻护士们的热忱和表演天才更是功不可没。

1976年调往徐州医学院附院时,我们回首在陕西的六年,觉得问心无愧,可以潇洒地走了。

我的好导师——叶瑛教授

1979 年,我从徐州医学院考上了上海第一医学院(后改为上海医科大学,现为复旦大学上海医学院)附属五官科医院放射科叶瑛教授的研究生。我的人生又面临了新的挑战。离校 9 年后又要回到教室里上课,有时真有坐若针毡的感觉。为了弥补失去的年月,教授们循循善诱、诲人不倦;研究生们个个奋发图强,尤其是"上一医"毕业的同学废寝忘食、勤奋学习的精神,真令我这个"上二医"的毕业生甘拜下风。第一年完成和通过了所有必要学科的学习和考核,第二、第三年在临床实践的同时做研究课题。读文献、写综述、做开题报告、设计实验方法、分析实验结果、写论文、论文答辩、直到硕士学位的颁发,都是遵循了一个严格的教育制度。后来在国外看到他们培养博士生也只不过如此。1982 年,我研究生毕业后正式留在上海五官科医院放射科工作。

从"上二医"毕业 12 年后,天南地北转战一大圈,终于又回到我日思夜想的家乡了。

遇到我的导师叶瑛教授,是我又一次的幸运。她一丝不苟的学术风格、精湛的解剖知识,能把 X 线片上每一根线条都解读得一清二楚,令我十分钦佩。她是我的良师益友,跟随她学习工作 6 年,学到的不仅是眼耳鼻喉放射学的知识,还有做人的根本和原则!

生活在南半球

1985 年,命运把我带到了澳洲墨尔本。我做梦也没有想到,我的后半辈子会生活在冬夏倒置、南北倒置(太阳从东北升起)的南半球上,还能为世界的聋人复听从事我酷爱的医学研究。

我是带了女儿作为家属到澳洲和丈夫团聚的。生活的变迁,又把我们推向了新的一轮磨难。一切又要从零开始,再一次地感到了前途难卜。当时国内门户开放不久，经济尚未飞跃，人们口袋里的钱还非常有限，不可能像现在的留学生那样得到家庭的资助，甚至连换外汇都是严格控制的。经济上的困境，使我们只能租最便宜的公寓住，买最便宜的食品吃。记得在香蕉上市季节，星期六下午在市场关门前大甩卖，一元钱买一大箱熟香蕉，天天吃、顿顿吃。结果彻底吃厌了，有好几年我们家香蕉不再进门。

20世纪80年代中期，从中国来澳洲的留学生还很少。我们周围的澳洲人都非常善良、热情、友好，常常无私地帮助我们，有人把家具送给我们用，有人把自行车乃至旧汽车借给我们用。很快，一个简陋但温暖的三口之家就建立起来了。

那时，我还没有过语言关，一个工作机会把我逼到了风口浪尖。世界著名的多导人工耳蜗的创始人、墨尔本大学耳鼻喉科 Graeme Clark 教授旗下的研究组要招研究人员。我去应聘了。由于语言的障碍，加上他们对我们中国教育水平的不了解，他们决定聘我为助理研究员。其实我自己也怀疑自己，我初来乍到，能胜任这项任命吗？一位善良的澳洲同事鼓励我说："你的英语已经很不错了，我一句中文都不会讲呢！"我很受感动。我想我已比别人幸运有了机缘，现在需要的是勤奋、努力，一定会胜任的。

不久，我接了一项检验人工耳蜗高速率电刺激安全性的课题。由于经费有限，我得从在显微镜下制作细小的耳蜗电极做起，执行耳部显微手术植入电极（动物），控制每日的电刺激，定期测试脑干电位，分析耳蜗组织学切片，最后写出论文。这远远超过了一个助理研究员的职责范畴，我感到了沉重的压力和不安……

这时，我收到了朱大成和叶瑛老师的来信。

叶老师写道："世上的一切成就都必须通过辛苦而取得的。"

朱老师写道："当今科学飞速进步发展，月新、日新、时新、分新、秒新，我们必须不停学习，方能不落后而列于时代的前沿。"

徐瑾回沪专访 82 岁高龄的朱大成教授——她的放射影像学指路人（2000 年）

两位导师蕴含着哲理的来信训言扫清了我心理上的种种障碍，重启了我的信心。我想我在中国已经有良好的研究生训练，又有医学知识的背景，这就是我的优势。我们中国人不笨，不会的可以学，不懂的可以问，语言比别人差，可以多花时间。为了解决一个难题，我常常工作到深夜；为了写一篇报告，要比当地人多花几倍甚至几十倍的时间。最后，整个研究课题我完成得非常出色，并在国际知名杂志上发表了我的第一篇论文。

由于在发展新一代的人工耳蜗内弯电极中做出了重要贡献，我得到了连升三级的褒奖，从助理研究员升到了研究员。Clark 教授还把我们研究过程中所制作的精致的人内耳硅胶模型展示给来访的英国伊丽莎白女皇等各国元首与首脑。2008 年他又把它捐献给了墨尔本博物馆。

在研究工作的艰苦与喜悦中，我惊奇地发现在国内受的教育所产生的扎实和深远的作用。对于人工耳蜗术后如何判断电极在耳蜗内的位置和插入深度，我应用叶瑛教授传授给我的基本知识，建立了一套简单可行的临床 X 线检查和分析的方法，被世界上许多人工耳蜗中心所应用。那些几十年前在上海所学的知识，居然像多年的陈酒那样，仍然散发着醉人的醇香。

2000年，我应用了X线位相差成像的新概念，建立了一个微焦点X线影像实验室，大大提高了内耳影像的分辨力，并能清晰地观察在颞骨内电极插入耳蜗内的动态，成为评估新一代人工耳蜗电极性能一个必不可少的重要手段。这个实验室接待了无数位来自世界各地的人工耳蜗专家，得到了大家的高度评价。我很高兴，我又回归到我的放射学专业了！我很满足，因为我的工作更直接地与人工耳蜗高效能的新产品有关，与世界上的聋人能否更有效地返回到有声世界有关。

在澳洲二十多年的医学科研实践中，我深深领悟到要在这样一个世界第一流的研究所工作，光懂一点医学知识是不行的，你需要有横跨医学、生物、工程、生理、物理、计算机等多个领域知识。我也深深体会到只有不停地学习，永不停息的思考和创新，"方能不落后而立于时代的前沿"。

澳大利亚墨尔本大学耳鼻喉科多导人工耳蜗的先驱者 Clark 教授把硅胶内耳模型献给墨尔本博物馆前和徐瑾留影（2008年）

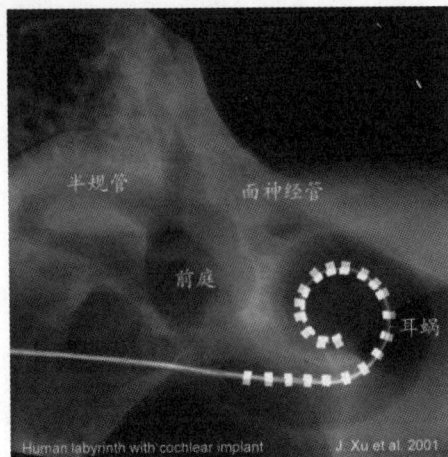

人内耳微焦 X 线影像清晰示内耳结构和植入耳蜗的电极

饮水永远思源

很快我将从澳大利亚仿生耳（人工电子耳蜗）研究所（现改名为仿生研究所）、澳大利亚听觉联合研究中心资深研究员及墨尔本大学耳鼻喉科名誉研究员的位置上退休。回首自己走过的路，我对家乡的放射学前辈朱大成、叶瑛教授和各位老师，永远怀着深深的感激之情。你们是我的启蒙老师，是你们拉着我的手，向医学影像学这个领地迈出了第一步、第二步……还不断鼓励我，向医学科学的前沿前进。你们的谆谆训导就是金玉箴言，经岁月磨洗，愈显其精辟，独到！它会一直在我心中闪烁发光。

我要感谢我的母校市西中学、"上二医"和"上医"研究生院，是你们严格的校规和基础教学、临床实践，奠定了我们扎实的功底，使我们后来在他乡、异国的从医道路上，能迈开虽然艰难然而成功的坚定步伐。

我还要特别感谢我的父母和家人，在我人生的每一段里程，他们总是全心全意地、默默无闻地鼓励着我、支持着我。

饮水永远思源。

徐瑾(左)和老同学包伟明在墨尔本接待来澳探亲的屠宁芝老师
（1998 年）

回归到原点

离开"上二医"后的经历，我相信大家都有一个共同点，那就是都经历了艰苦的磨难，各种各样的。但我们的理想和希冀并没有丢弃和破灭，都能依靠自己的坚强和毅力，改变自己的困境，尽自己的最大能力在事业和生活上开辟出一片新天地。

现在我们又到了一个人生的新里程。让我们忘掉过去人生道路上的顺利或坎坷，事业上的辉煌或挫折，生活里的欢乐或痛苦。让我们恢复一颗平常心，回归到原点，笑谈人生趣事，交流养生之道，尽情享受精彩的老年生活吧！

"体外循环"情结

徐新根

　　那时候,体外循环没有专职医生,一般由心外科医生兼管,相应的规章制度也不够健全。

　　1979年的夏天,一起因体外循环动脉泵破裂而造成本院职工和病人两条生命的重大事件,促使我与"体外循环"建立起了一段深厚的情缘。

　　我和"体外循环"有着一段深厚的情缘。这要从几十年前说起,那时候我从上海第二医学院毕业,被分配到上海市胸科医院。在工作的前十年中是在胸外科病房和心外科病房任住院医师。努力学习胸心外科基础理论知识和外科操作技术,由于自己虚心好学,从外科住院医师升迁为

1998年徐新根在法国巴黎参加国际心脏病医学会议

住院总医师,业务上能独当一面,并负责安排院内外科的会诊手术。

　　当时我国体外循环工作大致有两种情况:北方地区医院的体外循环是属于麻醉科管理的,例如北京阜外医院;而南方地区医院的体外循环工作则从属于胸心外科管理,我所在的上海市胸科医院也是这样的。

　　那时候体外循环没有专职医生,是由心外科医生兼管的,即某心外科病区开展体外循环心脏直视手术,就由本病区指派该病区的外科医生担任

体外循环工作,负责人工心肺机的管理,并在手术室护士协助下完成。因此,刚从医学院毕业的医生,首先要学会体外循环管理,熟悉和使用人工心肺机,这也成为心外科医生必备的先决条件。由于体外循环是外科医生兼职管理,而一般外科医生往往偏重于手术操作,轻视体外循环工作,因此体外循环医学发展也较为缓慢,当时,相应的规章制度也不够健全,在日常工作中经常发生体外循环故障,有时甚至直接危及病人的生命。

1979年夏天,有位先天性心脏病患者在体外循环下做右室流出道狭窄解除手术,当体外循环转流到18分钟时,突然发现动脉泵管破裂,破裂口约为1厘米,大量鲜血自破口处喷出,情况十分紧急。由于灌注师缺乏经验,没有及时停机和更换泵管,使大量空气吸入泵管而进入病人动脉系统,造成病人广泛气栓。术后护理病人处在深度昏迷之中,经会诊决定做高压氧舱治疗。在高压氧舱中,陪伴病人一起进入的女麻醉师因重度高压氧舱反应,最终死于减压病,而且此麻醉师死在病人之前(该病人最终因广泛气栓抢救无效也死亡)。这起因体外循环动脉泵管破裂而造成本院职工和病人两条生命死亡的重大事件,引起院领导的高度重视和密切关注,因此医院决定成立专职体外循环组,全心全意地做好这无名英雄式的体外循环工作。

当年我院专职体外循环组由医师、护士共7人组成,每天完成两到三台体外循环心脏手术,从属于胸心外科管理。有了专职体外循环队伍,在完成体外循环灌注工作的同时,我们制定出体外循环工作制度和操作常规,并制订出预防体外循环各种意外故障的措施。例如,在当时条件下进口泵管不能作随弃式一次性使用,即规定进口泵管使用限于5次以内,每次使用后在泵管上做好标记等,这样有效地减少了动脉泵管破裂等体外循环故障。此外,我们还参考大量国内外文献资料,并结合我院实际情况,总结出一整套预防体外循环故障的方法,有效地提高了体外循环质量,确保心脏手术病人的安全。1980年在上海召开的全国首届体外循环情报网交流大会上,我们报告了预防体外循环故障的论文,得到与会代表们的一致好评。而后上海医疗器械厂每次举办人工心肺机使用学习班,必邀请我为来自全国各医院的学员们讲述体外循环知识和预防故障的各种方法。

20世纪80年代初,上海医疗器械厂准备研制上海Ⅳ型人工心肺机,这是一种新型垂直式滚轴泵的心肺机。负责此工作的张兆进、朱占明工程师来上海市胸科医院找我,要求共同协作生产新式心肺机,经讨论协商,我院负责动物实验和临床使用工作。经过两年多的努力,我们克服技术和工艺上的各种困难,并顺利通过了动物实验和临床测试,最后于1983年通过技术鉴定,并批量生产,供全国各大医院使用。相关论文发表于《上海生物医学工程通讯》杂志。

"文化大革命"后,全国各大医院纷纷开展体外循环心脏手术,到20世纪80年代中期,全国约有400多家医院开展体外循环心脏手术。我院是卫生部全国胸科进修班定点单位,每年有几十位进修医生来院学习,有一年在我们体外循环组的进修医师竟然多达百位!

在那个年代,虽说我国举办了多种心血管医学刊物,但我们发现这些杂志刊登有关体外循环的文献非常少,且不够完整和全面。为了提高进修医生的培养质量,也为了让他们获得体外循环的相关知识更系统、更全面、更完整,同时也为了使国外新技术应用到我们日常工作中,以提高我国体外循环质量和医疗水平,我们翻阅了国内外许多资料,结合本院体外循环的操作经验,经过两年多的艰苦努力,克服了许多意想不到的困难,终于编写了一本《体外循环和辅助循环》一书。该专著由我担任主编,23位作者共同编写,于1986年8月由辽宁科学技术出版社出版,并由全国新华书店发行。全书共32万字,由五篇二十三章组成,详细记叙体外循环和辅助循环的基本理论以及开展体外循环工作的技术方法,这是我国第一部体外循环的专著,对推动和促进我国体外循环技术的发展有一定帮助和促进作用。

随着心血管外科迅速发展,体外循环专业跟随其也相应发展,体外循环这项作为心血管外科的边缘学科,其专业化程度日益增高。我院相应成立了体外循环室,由我担任室主任,工作人员也增加到 11 人,在他们当中获得博士与硕士学位的也不在少数,并逐渐成为科室发展的新生力量,我自己的职称也由副主任医师晋升为主任医师,而后又先后被上海第二医科大学聘为兼职副教授和教授。

1992 年徐新根在美国费城参加国际体外循环专业会议

多年来,自己在工作中不断总结经验,做到有所发现、有所前进,在各种医学杂志上先后发表论文 100 余篇,其中 68 篇为第一作者,并参加编辑专业书籍 12 本,获得上海市科技进步奖一项。1992 年,在医院领导的大力支持下,赴美国芝加哥大学医学中心进修学习,1993 年被接纳为美国体外循环技术学会海外会员,1996 年经医院选拔而被评为学科带头人。1998、2003 和 2007 年连续三次被聘为上海市生物医学工程学会体外循环专业委员会副主任委员。2004 年被聘为《中华胸心血管外科杂志》第五届编委,2005 年被聘为《中国体外循环杂志》编委,2008 年被聘为《中华胸心血管外科杂志》第六届编委会顾问。

纵观自己从事体外循环专业的几十年工作经历,由浅入深,从不懂到懂行,一直到热爱,专心致志并有所成绩,体验了其中的困难和苦恼,也品尝到前进中取得胜利的喜悦。总结数十年经验,我认为重要的是认真学习、努力实践、以人为本、坚持不懈,其中最根本的是要干一行、爱一行、专一行,只有这样才能获得成功!

陕北的记忆

徐振国

　　七十年代的榆林城太美了，城墙外有沙柳，成堆的沙漠包绕"桃花水满街跑，沙子打墙墙不倒"。十三年间在陕北的出诊、手术等为民服务的工作，受到了老百姓的高度信任和热烈欢迎。这些事情已过去几十年了，但回想起来，仿佛是昨天发生的。

报　　到

　　1970年7月20日，我和戴跃华（69届儿科系校友）、范秀芳（70届医疗系校友）、钟关英（一医）一行4人，离沪赴陕北榆林报到。因路途不熟，我们只能从内蒙古包头南下，经东胜转赴榆林城。那时节，陕北连续阴雨，冲垮了道路和桥梁，公交受阻，因此我们在包头耽搁了三四天，最后总算到达了处于沙漠边缘的边塞城

徐振国（前排右一）与靖边卫校师生合影（1981年）

市——榆林。榆林古城太美了，城墙外有沙柳，成堆的沙漠包绕"桃花水满街跑，沙子打墙墙不倒。"

　　后来戴跃华留在了榆林城工作，我被分在"产粮区"的靖边县。到了靖边，卫生局领导认为我是南方人并给予照顾，把我分到了黄蒿界公社

卫生院,那里属于种植大米的地区,并拥有13道水沟山泉。该地区的水质特别好,我发现当地女孩虽说生活在风沙之中,但她们的皮肤却非常白嫩,或许这是清澈甘甜的泉水发挥了作用吧。

从上海出发,最终到达黄蒿界公社卫生院,在路上竟然足足花了半个月。靖边县在毛乌苏大沙漠边缘,每天早晚温差大,雨水少,一般10月份便要下雪。靖边存有大量的古迹,古代长城横穿其县,烽火台和关隘等遗存依然清晰可见;它的小河村和青阳岔镇曾是毛主席转辗陕北与胡宗南周旋的地方。

出诊和手术

初到黄蒿界的一天,因就诊的病人较少,我们主动下乡巡回医疗,我与范秀芳两人走了十多里沙路到五合大队出诊。大队干部老刘爱人在家难产,产后大出血,赤脚医生小张急派人叫我会诊,当时我们见产妇三十多岁,坐在坑上的沙堆上,身下流血不止,面色枯黄,满头大汗,呈休克状态,我们忙叫她躺下,紧急为她开通输液、宫缩剂、止血药、升压药、压迫子宫等,尽管我们全力以赴,想尽一切办法,但产妇终因失血过多而死亡。此事给我们教育很大,陕北老百姓缺医少药的落后面貌多么迫切需要改变啊。

以后,我又被分配到王渠则地段医院工作,该院是西安红十字医院和结核病院遵循毛主席"6·26"指示下放到靖边的单位,因此医疗技术力量雄厚,设备条件也好一点。我在那里工作期间,从陕北民间流传"斑毛泡酒止牙痛"的古方受到启发,并由此开创了耳药麻醉开胸切肺、胸椎结核病灶清除等方法,让众多当地人受益。当年,王渠则地段医院接受陕西、内蒙古、宁夏三个省区的十三个县市的病人,因此,我们每天手术不断,效果非常显著。经口口相传,医院名闻遐迩,因此《陕西日报》经常刊文予以报道。后来中央卫生部派中医研究院、药物研究所的专家也前来考察,这家医院又红火了一阵。

到如今,我们还十分难忘在王渠则地段医院工作期间,在老乡家坑头上做女性绝育手术,当时陕北老百姓对大城市来的医生是非常信任并大加欢迎的,因此当地的计划生育工作开展得还比较顺利,我们也受到了当地政府的褒奖。

重 返 陕 北

2015 年 4 月,我和范秀芳重返陕北榆林、靖边,探望魂牵梦萦的老同事、老领导及我的学生。故地重游,我们还是依照 1970 年赴陕北报到的路线,由内蒙古包头经东胜到榆林、靖边,这一带真是旧貌换新颜,大变样了。到处是车水马龙、高楼林立,人们的物质水平、文明程度也大大提高了。

徐振国(左一)在工作过的窑洞前留影
(2015 年)

榆林不仅老街依然存在,还同时发展了新城区。作为塞北的边关,老城的牌楼和城墙巍峨挺立、雄风依旧,城里街上流动的"桃花水"看不到了,取而代之的是自来水管将生活用水送到了每家每户;城外的沙丘也看不到了,十多年固沙造林利国利民的大好工程,取得了显著的成效,沙漠已远离了榆林古城。

靖边是我们工作的地方,离开三十三年已今非昔比,马路宽敞、高楼林立,原来工作的靖边县人民医院已兴建起五层的病房大楼,内外妇儿等各科齐全,并拥有 CT、B 超和各种生化检验设备。我们受到了靖边县卫生局各位老领导及昔时的老同事、老朋友的热烈欢迎和盛情接待,大家回忆往事、畅叙友情、分享快乐,合影留念记录了美好的时光。在他们的安排下，我三十多年前的学生申世平驾车，前往我四十多年前工作过的黄蒿界、王渠则等地，故地重游，引起我对青春年代的种种回忆，真是旧貌换新颜！我们还游览了毛主席转战陕北时的小河村，瞻仰了革命遗迹；参观了红墩界西夏古都——统万城和龙洲喀斯特地貌的波浪谷……

旧地重游让我感慨万千，数十年前，靖边县的贫穷落后人所共知，而如今，在当地人民的努力下，经济发展迅猛，日新月异，自从那里发现了煤矿、大油田和天然气，它已成为世界级大油气田的城市了，并直接向北京供气。老百姓的生活水平和精神面貌有了极大地提高，他们生活富裕了，环境也改变了。经过国家的综合治理，风沙也小了，真可谓名副其实的"塞上江南"。我心中不免荡漾起欢乐的涟漪，为我第二故乡的人民祈福，期待他们明天的生活更幸福！

陕北人的热情、朴实、诚恳是闻名遐迩的。他们待人真诚、处事厚道，此次我们重返故地，这个印象尤为深刻。我在靖边卫校当教师时的许多学生，始终开车陪伴并盛情款待，到王渠则时，学生们还举行了欢迎会，其中一名侯姓的学生在致词时向我三鞠躬，令我们万分感动。当年我的学生，如今不少都已成了靖边卫生教育事业的骨干。由此我感到13年的陕北工作很有价值，我把宝贵的青春献给了当地的卫生事业，为培养当地的医学卫生人才尽了自己的绵薄之力，我的青春年华没有白白逝去，当然，陕北人民也没有忘记我们，我们也因此感到无上的荣光和无比的骄傲与自豪！

难 忘 昨 天

杨萍君

我们这一代，我相信每个人回忆起以前，不可能都是令人
欢欣鼓舞的，有些可能还不免要黯然神伤，但其中有不少值得
去回味。坦然面对过去、欣喜迎接未来，这始终是我的人生观。
请诸位读者随着我的思路，返回40多年前的岁月吧。以下文
中的"她"，就是我。

毕 业 分 配

那天，学校里公布了毕业分配方案，正像
她所料，她和男朋友两人被分到了新疆。第
二天，她到学校里取回了一些书和日用品，回
到了外婆家，一进门就听到外婆在唠叨着：
"作孽啊，读了这么多年的书还要'充军'到新
疆去。""外婆我回来了，妈妈呢？"外婆朝隔壁
房间努努嘴："你去劝劝她，在伤心呢！"她不
禁心中咯噔一下，只觉得胸口涨得满满的。
从她记事起，从来没有见到妈妈哭过，即使在
爸爸因所谓的"政治问题"离家时或在大家庭
的生活中受到委屈后。

杨萍君

听到她进门的脚步声，母亲马上拿毛巾擦了擦脸说："回来了。"她低
着头，不敢正视母亲，强忍着即将滚出的泪，含糊地应了一声："嗯。"接下

去是长时间的沉默,空气像凝固了似的。终于,妈妈止住了悲伤,怀着一线希望对她说:"别去新疆了,在家里我再养你几年,我就不相信以后不重新分配。"她吃了一惊,但她也理解母亲的心理。她是妈妈的宝贝、是妈妈的骄傲、是妈妈的希望。虽然,她还有一个妹妹,妈妈对两个从小失去父爱的女儿是一视同仁的、是竭力呵护的,但母亲怎么舍得大女儿到新疆这种被不少人认为的"蛮荒之地"去受苦啊!但是她知道,如果她不服从分配,后果将会怎样。"不行的,不服从分配要被取消大学毕业生资格的,是没有前途的。"她看着母亲哭得红红的眼睛,心疼地说。况且,她已答应"他"(男朋友)一起分到新疆去,她又怎能违背自己的诺言呢?

她"出身不好",祖父是资本家,伯伯是"右派",小姑姑嫁到了台湾,爸爸新中国成立前就参加了国民党,也不知道是什么"政治问题",解放初"肃反"时成了"反革命分子"。小时候听家里的大人说起父亲:参加过什么组织,没有现行、没有血债,只是一味抗拒交代。当时她还太小,不谙世事,但她懵懂中觉得爸爸做出了什么不好的事。若在现在,她觉得父亲不过是个"持不同政见者"。这样的家庭背景,"充军"到新疆是理所当然的。

其时"文化大革命"还没有结束,我们上海第二医学院的学生就像一把种子被撒到了全国各地:贵州、云南、湖北、陕西、青海、宁夏、新疆等地方,而且都是下到基层,甚至是公社卫生院。可想而知,那里的医疗条件及生活水平是何等的简陋和艰苦。

解放军农场

不久后,汽笛长鸣,火车呼啸着,载着他们向西北边陲飞驰而去。据说"二医"这一批分到新疆的有六十多名同学。四天三夜的车程,斜穿了整个中国。离开了山清水秀的江南,绿色慢慢地褪去。在陕西,远离了城市就只能看到黄秃秃的山和一孔孔颓败的窑洞,偶然能看到一棵树,便觉得有了无限的生机。铁路边,衣衫褴褛的孩子们争抢着捡煤渣。越往西北景色越荒凉,她倚在车窗边看着外面茫茫的戈壁,火车在戈壁滩上已行进了快一天了,但还是一望无际,除了零零星星的骆驼刺和几只乌鸦外几乎看不到任何生物。这时候她不曾悲伤,仿佛觉得不过是一次类似于下乡劳动的锻炼,她期望着不久又能回到故乡——上海。

终于到了乌鲁木齐,《通知》上告知他们到群众饭店报到,因为不认识路,故向当地人问询一下。车站出口处有一位穿黑色连衣裙的维吾尔族妇女在维持秩序,看来是个工作人员,也凑合着能讲几句普通话,他们就很高兴地上前打听。却不料这位"阿姨"两手一摊、两肩一耸说:"不鸡(知)道"。尽管是酷暑天,她还是觉得似一盆冰水从天泼下,从头凉到脚,尤其是"心"。她觉得他们不仅是来到了"他乡"更像来到了"异国"。

报到后,为了防止他们介入当地的运动,有关部门就把他们统统赶到了解放军农场,并编成了"学生连",这虽然不是部队编制,但一切行动全部是军事化的,连长、排长、班长全部是解放军。一个学生连有四个排,一个排有四个班,一个班有十多个人,都是全国各地来的应届大学毕业生。他们住的是土坯房,虽然吃的是粗粮,但有炊事班做饭,而且管饱,这要比那些分配到贵州等地的同学要好得多。

转眼到了冬天。清晨,天刚蒙蒙亮,一声尖利的哨音划破了宁静又寒冷的天穹,姑娘和小伙子们还没有从昨天的疲惫的状态中恢复过来,努力睁开惺惺懂懂的眼睛,摸着黑,手忙脚乱地穿上衣服,听着门外的"快、快、快"的催促声,有的同学甚至于心急慌忙地将裤子往头上套;有的人只穿了一只袜子,而另一只袜子怎么也找不到了,只好蹬上鞋就往门外冲去。集合后,先听连长训话,接着就是一圈一圈的跑步。还好,她从小身体素质不差,从来没有在军训中落后过。晨练结束,每个人的棉帽上、眉毛上,女同学的前刘海上都厚厚地结了一层霜。

冬天,北疆的夜晚是很冷的。"文化大革命"中没有什么娱乐,只有反反复复地放映着"样板戏",看得眼皮和耳朵上都长出老茧了还是非看不可,不看就会被扣上反对"革命旗手"的帽子。晚饭还没有吃完,集合哨子就响了起来,只能马上搁下碗,拿了小板凳去集合。在露天,零下30摄氏度的气温下,那不是在看戏,简直是在受罪。

冬去春来,生活轮流演绎着,而农活照样是很重的,平地、修渠、收割(还要赶速度)、施肥、喂鸡、放羊等。她不喜欢磨洋工,因为磨洋工的人肯定害怕别人发觉,精神负担太重,还不如挥着大镰刀"砍"稻子来个挥汗如雨爽快些,或者高高抡起"坎土曼"翻地、平地;架着辕、低着头、拼力拉车往地里送羊粪、往场地上运割下的稻捆……一段时间后,解放军的连指导员发现她表现不错,指示发展她入共青团,她如实地填写了申请表,但政审是肯定通不过的,不过让她当了个副班长。要知道在解放军农场中当个副班长是个不小的荣誉,充分说明了"组织"上对她的信任。实际上,她也并不想隐瞒家庭成分,当个"混入革命队伍中的阶级异己分子",她只是想用这种种繁重的劳动,减少一些漫长而单调时日的煎熬,让这种日子过得快一点。当了"班副"更累了,收工后别人洗洗刷刷就可以休息了,班副还要挑水、扫院子、整理内务。

眼看一年过去了,应该要"第二次"分配了吧,哪曾想"副统帅"林彪从天上掉了下来,农场劳动力又紧张,全疆解放军农场学生连决定暂不分配。冬天又到了,天空飘起了纷纷扬扬的鹅毛大雪,一夜的功夫,世界成了一片银白。她并不喜欢这种雪景,因为她觉得,在那厚厚的雪被下,不仅有着美好的东西,同时它也将肮脏的、龌龊的东西给掩盖了起来。

冬天是牧民们接羔的时间,农场里也养着一大群羊。一天,场长急急忙忙来她们班,说:你们班有医生吗?快帮帮忙吧,羊难产了,生了一天了还没有生下来。同学们都怂恿她去试试,说不定能帮这只羊妈妈渡过难关呢。她为难极了,在学校实习时也没有捞到什么接生机会,更不要说给羊接难产了。看着场长这个憨厚的四川汉子着急的样子,她勉强地答应了,她对场长说:"我不是兽医,我做"人医"还没有什么经验呢,如果那只羊实在生不下来我也没有办法,人难产可以剖腹产,羊无法手术的。"场长说:"要得、要得,看看吧,能生下来最好,实在生不下来也不怪你。"到羊棚一看,小羊的一只脚能看到了,羊妈妈浑身颤抖着,站又不是,卧也不是。她也顾不得脏不脏,顺着小羊的脚再往里一摸,竟摸到了另一只脚,然后慢慢地将小羊牵了出来。但因为缺氧时间过久,小羊还是死了。

矿区的妇产科医生

又过去了半年,终于穿上了象征她真实身份的白大褂。

她和她的另一半被分到了一个据说是被称为"新疆的明珠"的城市,虽然是矿区但离市区不算太远。到地方一看,不过是个煤矿医院。称它为"医院"真正是抬举了它,一长溜土坯房,既是诊室又是治疗室、药房。她的从医生涯就这样开始了。

无论上班、下班,只要有时间就抱着书本"啃",王淑贞的三本厚厚的《妇产科学》都被她翻烂了。矿长是个老干部,十分爱惜人才,看着他们这么醉心于自己的事业,

杨萍君在矿区工作时

美誉他们"这是两个书呆子"。她是女医生,理所当然的承担起妇产科的重任。妇科常见病、多发病的诊治,顺产、难产的接生,能处理的都自己解决,因为没有开腹手术条件,遇到手术病人就及时转诊到上级医院。煤矿上维吾尔族居多,他们有一种观念:分娩时不能让医生以外的人知道,不然宫缩会被带走,造成难产。所以每到产妇阵痛紧了才来请她到

产妇家里接生，断然不肯到医院来的。好几次，别人在过年，她却在产妇家里接生，真是做到了废寝忘食，因为她意识到产妇和胎儿的安全第一。她到矿医院后第一次出诊接生是个初产妇，有些紧张，就拉了她爱人一起去，他虽然不是妇产科大夫，但也可给她壮壮胆，并带了一本妇产科教科书给她念接生的操作步骤。有了顺利的第一次，然后有了第二次、第三次……慢慢地能得心应手地处理了。在矿医院十年，在产妇的炕上她接双胎、臀位、前置胎盘（边缘型）的高危产妇都是尽心尽职。经她诊治的病人不计其数，她接生的孩子也有好几百，没有发生过一例差错，没有发生过一例围产儿死亡和产后感染。她对病人及产妇的态度是及其耐心和体贴的，因为她知道她们需要医生，在这种缺医少药的地方，她们也很可怜。矿工及他们的家属对她也十分信任，她努力学习他们的语言，使医患关系更融洽。她们让孩子们叫她妈妈。她喜欢孩子，那些少数民族的小孩儿也的确漂亮、可爱，大大的眼睛、卷卷的头发，她看见了总情不自禁地去抱抱他们，全然不顾他们身上的尿臊味儿和涂着口水的花脸。除了妇产科外，内科、小儿科、甚至于外伤缝合，她有时候也要处理，等于现在的全科医生。

"啃硬骨头"

因为常有业务上的来往，在州卫生局及州人民医院，不少人都知道州煤矿医院有两名上海来的医生。1982年趁新矿长外出开会时，州卫生局长以帮助老矿长爱人调工作为交换条件将她们调到了州人民医院。州人民医院规模大、设施全，陆续造了许多病房楼，仅妇产科就有近50张床位。刚到州人民医院就有同事对她说："我们早就知道煤矿医院有两个上海来的医生，看到你们写的转诊单很有水平的。"她听了简直是汗颜，因为矿医院的条件有限，他们只能写写"正规的转诊单"。

到了州人民医院，她便如鱼得水，更勤奋地工作、学习。因为离自治区首府乌鲁木齐太远,再重的病人也无法转诊,老主任对她说"我们这里再硬的骨头也是自己啃,如果转诊,病人会死在半路上的。"就是这种啃硬骨头的精神使她得益匪浅。除了日常工作,病房里只要有抢救病人,即使不在她的班上,她也会闻讯赶去参与抢救。虚心向老医生学习、加强理论钻研,1979年和1988年分别到上海二医附属仁济医院妇产科进修各一年,仁济医院的老师手把手地教她,仁济医院的青年医生诚恳地帮助她,使她在业务上有了长足的进步,这是她终生难忘的。

就这样经过近二十年的跌、爬、滚、打,1991年在名额极其紧张的情况下,通过公平竞争,她顺利晋升为妇产科副主任医师。同年,她们的两位老主任同时退休,她就担当起科主任职务。

由于地域、气候关系及三级医疗网不健全,产前检查制度没有很好地建立,所以妊娠高血压综合征(妊高征)的孕产妇特别多,仅子痫的发病数一年差不多可达到二十例左右,而且病情都很严重,病人进院前就反复抽搐,意识不清,腹部皮肤由于水肿妊娠纹变得十分紧张,看上去似新鲜苦瓜;外阴因水肿看起来就像即将破裂的气球;血压很高;尿蛋白测定常在"＋＋＋"或"＋＋＋＋"。而胎儿在宫内常已有窘迫现象。这时候的抢救就像是在打仗。止痉、降压同时术前准备,只要病情稍许稳定一些马上做剖宫产术。

这些年中,每例子痫的抢救都是成功的。另外,由于妊高征患者的血黏度比较高,产后或术后卧床休息时间较长,血流缓慢,加之血管内皮可能发生的损伤,故产后下肢静脉血栓形成的病例也时有发生,而且用常规的保守治疗的方法疗效不佳。她就用腹蛇抗栓酶治疗,效果很好。但有一例发生了小栓子脱落而引起肺梗死这一严重并发症,幸亏发现及时,经过抢救总算没有造成病人死亡。为了避免再次发生下肢静脉血栓形成,针对病因,她提出了妊高征产妇产后或术后,常规应用低分子右旋糖酐静脉点滴三天,以疏通微循环并降低血黏度。从使用这种方法后,再也没有发生过类似病例。

她们医院是州上最大的医院，所以每年都有到边缘地区的农村或牧区巡回医疗的任务。她去过两次，一次是到且末县，那是巴州最南边的一个县，在和田县旁边。且末县医院条件还比较好，就是技术力量差些。另一次是到巴音布鲁克县，那是个牧区，高寒地带。夏天牧民们分散在各个牧场放牧，一到冬天他们就聚集在这儿过冬。大雪封山，重病人根本无法转送出来。她们一行仅三人，一名蒙古族的外科医生，一名放射科医生，另一名就是她——妇产科医生。因为下雪天，气温又低，路上都结了冰，来接她的吉普车开得很慢，看看天快黑了还没到目的地，司机就开快了一些，车轮一滑，差一点翻到悬崖下去。天黑透了，远远地看到有绿莹莹的光，同车的一个年轻人问她："可知道那是什么？"她说："总不会是狼吧？"他们说："就是狼，不过还隔得远着呢。"

到了县医院，她进了一间病房，只看见一个产妇躺在血泊中，身下也没有垫消毒单，一位助产士在给她进行徒手清宫。她一摸产妇子宫很软，而助产士的手仅仅在阴道里进进出出，这根本是无效的。当时也没有医生，也没有其他护士帮忙。她马上到办公室叫来了护士，让她们给产妇吸氧、输液，并加缩宫素滴注。她自己消毒铺巾后，伸手到宫腔内用纱布擦拭，清出了大片的胎膜和少量胎盘。确定没有残留了，子宫收缩了，血压和心率也正常了，她才放心地洗了手，并嘱咐护士给病人抗生素点滴。第二天早晨查房时，她先去了这个产妇的病房，床上没有产妇的身影，她扭头一看，只见这产妇正蹲在门后在生炉子呢。她就问身边的医生："怎么不告诉产妇要好好休息的，看病人脸色如此苍白，贫血不轻啊，万一头晕眼花的摔了怎么办？"那个医生回答说："我们蒙古族人抵抗力比较强，很多妇女分娩不来医院的，产后出血也无血可输，都是等她自己慢慢地恢复，有很多人第二天就起来挤牛奶、做家务了。"她无言，她真不知应该同情她们呢？还是为她们悲哀。

在城里，妇女生了孩子就成了功臣了，妈妈和丈夫从早到晚围着她们转。为啥这些山里的妇女就不能享受这些待遇呢？在牧区，她一个人住一间宿舍，没有巴州医院那样窗明几净的病房，没有暖气，房间内只有一只铁皮炉子，开始她也学那些小医生的样，在炉膛里先放些纸，再将干牛粪用手掰开，点燃后再加上煤。有时候没有块煤只有煤末子，炉子就着不起来，搞得满房子乌烟瘴气。她就去看那个一起来的外科医生是怎么生炉子的，以后她也学会了，再也不会挨冻了。

只想当医生

1992年有一天，州卫生局局长找她谈话，这届州政协改选，要卫生系统选拔一位女同志当选州政协副主席，条件是女性、50岁以下、副高级职称以上、无党派人士。当时有几个人选，卫生局经讨论推荐了她。局长征求她的意见，他说：是脱产的，其实我们从医院工作考虑的话也是舍不得你走的。但从一段时间观察下来，你做人正直能为老百姓讲话，所以我们信得过。实际上，她做人很低调，不是那种喜欢张扬的人，大庭广众下她从不多说一句话，对任何人不阿谀奉承。她听说是脱产的，以后再也不当医生了。她想：我从幼儿园"日、月、风、雨……"学起，直到医学院毕业整整二十年寒窗，我向往的是当一个救人于绝望之中的良医，怎么能甘愿放弃以前自己一心向往的事业而从政呢？她谢绝了局长的美意。她说：我离不开妇产科，我不想当州政协副主席。局长就与州政协商量后决定让她当州政协常委，可以参政又不脱产，她答应了。又一次，州上要成立妇幼保健院，卫生局长提议她当院长。但她"不当鸡头，宁当凤尾"，在大医院里接触病种多业务提高快，也婉言谢绝了。她这人不喜欢当官，也不喜欢见官，当那些领导在任上时，她从不像有些人那样对其趋之若鹜；而当他们退休或调离后，倒在过年时打个电话问候，给予他们诚挚的祝福。

回归上海

新疆的确是个好地方,物产丰富,风景秀丽,经过几十年的建设,成就了不少沙漠中的绿洲。一到九十月份,是收获的黄金季节,到处瓜果飘香。在1976年之前新疆百姓的物质生活十分匮乏,"四人帮"倒台后,市场供应逐渐好转,且显出欣欣向荣之势,不愧为鱼米乡、瓜果乡。当然,要与上海比起来那是不能同日而语的。女儿将上初中,她想让女儿能到教育质量好一些的学校,于是她想到了"叶落归根",调回上海。

1994年,他们对州医院及卫生局领导甚至州委书记做了大量的工作(因为各方面都不同意他们调回上海),终于通过"人才交流"回到了上海,宝山中心医院妇产科成了她人生道路上的又一个起点,这与他们许多早就调回上海的同学比起来几乎是末班车了。次年顺利通过了副高职称的复议,她又担任了科主任职务。在上海的二甲医院里,人员的配备与工作量相比,人员相对是比较缺的。自任科主任后,本来就为数不多的主治医师又陆续退休,她又遇上了青黄不接的问题。她团结全科同事,并订出严格的规章制度,全心全意、兢兢业业地拼搏着。她沿用了在新疆工作时的科主任夜查房制度(并没有院方的规定),每天晚上8~9点到科室里去转一转,发现问题马上与值班医生一起处理掉。同时,她帮助合格的住院医生尽快晋升为主治医生,并通过从外地引进人才的方法增强了科室的技术实力。所以,在这一段时间内,科室的工作还是很平稳地发展,没有大的医疗纠纷,更没有发生什么事故。在大月份孕妇引产的课题研究中,也取得了一定的成绩。

1999年,上海部分医院作为试点,副高以上的女医生年满55岁一律退休。2000年她退休后在自己医院还返聘了两年,但因工作量太大,她的血压又居高不下,遂辞了医院的工作,在家休息作一段时间的调整。因为以前忙惯了,骤然停下来觉得很失落,于是又先后到几家民营医院上班,又可以每天与病人见面,细心地检查、耐心地解释,看到病人治愈后的笑脸,她感到无比的欣慰。病人也把她当成知己,他们不但谈疾病的防治,病人还会告诉她自己家中的苦难或高兴的事。小白领们有了心仪的男友也会来告诉她,还让她参谋参谋;有的姑娘出国留学前会特意来向她辞行。

在白玉兰妇科医院,初开业时共有十名医生,除了门诊外还陆续开设了病房,病人络绎不绝。她担任妇科主任的职务,主抓全科的业务质量。门诊和住院病历的书写、三级查房制、定期业务学习、疑难病例的讨论,完全按照上海市卫生局的要求执行。所以,在区里民营医院的质量评审中,他们医院经常是名列前茅的。她经常带着主治医生一起手术。工作量不是很大,也有一批合得来的同事,觉得很充实。他们的院长是个北京人,是个极好的人,对人真诚、热情,性格开朗,对工作敬业,很受医生、护士们的敬重。她原是上海某妇幼保健院的业务院长,所以对妇科的一套诊治常规是很清楚的,她们很谈得来,她觉得她们很有缘分。在院长的带领下,把医院搞得有声有色。他们的医务科长会写、敢管,有时有较大的手术或重病人时,医务科长就陪着手术医生,手术中需要输血时,她马上组织血源;术中有问题要向家属交代时就由她与他们沟通。有这么一支业务团队,还有什么事情会解决不了呢?

她以前是不相信命运的,主张个人奋斗。但回顾她从求学到现在的历程,不知道是不是还是命运在主宰?

有一次,她的先生问她:如果不是"文化大革命",你会怎么样?

她答:我肯定能在医学上有所建树,但是我们就不会走到一起来了。

是的,如果没有"文化大革命",我们所有同学的人生轨迹这条曲线都是另外一种画法。

往事不如烟

——大学毕业分配前后的点滴回忆

杨振羽

告 别 上 海

1970 年冬,上海第二医学院的毕业生分配工作已近尾声。留下的一批人,包括 1966 届到 1971 届的几十名毕业生,全部被分配到安徽。按当时规定,我们得先去安徽省的贵池地区搞一年血吸虫防治工作,而后再重新分配到各具体医院工作。相比其他分配到西藏、新疆、甘肃、宁夏和四川的同学,安徽算是好地方了。学校的分配通知单已经下发,我们就等待着集体出发。

出发前的准备紧张地进行着,四季衣服、日常用品尽量带上。我找出了两个当年我祖母从温州来上海时使用的"老古董"箱子,四角方方、尺寸很大,箱子外面是薄薄的酱红色牛皮包裹着,中间是木板结构,外镶黄铜搭扣锁,东西可以放不少,但不结实,运输途中更需小心。当年没有打包带,唯一的外包装材料就是稻草绳。借了一辆"黄鱼车"(脚踏三轮车),顶着凛冽刺骨的寒风,我和妻子沈湘君硬是将几大捆草绳从偏远的西区杂货店里运回了家。

去外地,煮东西吃少不了炉子,当时的上海,连个烧菜、煮饭用的煤油炉都难买到。幸好我在华亭路旧货摊上淘到了一只铜质打气煤油炉,"买相"不错,还是二战时期的美国军用品。使用时先从煤油炉的加油小口中灌入煤油,用装在炉子底部的活塞拉杆打气,加压后的煤油罐气呼呼作响,被上面预先点燃的酒精烧着后蓝色的火焰直向上冒,"火力"还真不小。遗憾的是,缺了炉子上面用来搁锅子的支架。弟弟的同学张"法鲁"闻讯,一口答应帮我做一个。

"阿哥,打气炉架子做好了"。三天后,张"法鲁"对我说道。张君是我弟弟的同学,他心灵手巧,硬是将薄铁板剪圆、中间挖空,再用三根细钢条作为支架,上端分别焊接在铁圈边上,下端插入底座的"眼子"里就可固定;打气炉配上了支架,就"大功告成"了。

改装的铜质打气煤油炉

"法鲁"不是他的真名,可能是 Fellow 的译音吧,也不知是谁起的这个"洋泾浜"名字,反正大家叫着顺口,就把他的真实名字给忘了。

"压缩饼干、脱水蔬菜,食品公司有货,快点去买"!张"法鲁"消息灵通,又来"通风报信"了。箱子、衣物、打气炉等简单的"硬件"已经陆续准备就绪,接下来就是"软件"了。

民以食为天,外地副食品供应比上海更差,能够带哪些易保存的食品出远门,已成为亲友之间交流的热门话题。"压缩饼干"或许有些年轻人不太知晓,它"坚如磐石",虽然啃起来不容易但还算"可口",又易保存,遇到需要时啃上两口可以充饥;"脱水蔬菜"则是干巴巴的菜片压缩成块状,想吃的时候从边上撕下几片用水泡软,或煮或炒,也可解决一时之需。此两种"军备食品"当时还常常"脱档",听到张"法鲁"报信,我急匆匆赶到食品公司,总算抢购到最后几包。

动身的日子到了。目的地是安徽贵池,现在改名为安徽池州市,是长江边上的一个小地方,位于铜陵市和安庆市中间,需搭乘长江轮前往。那天我们在十六铺码头上船,几十名二医同学已先后到齐,准备集体出发。当年的十六铺轮船码头设施陈旧、拥挤不堪。我们双方的父母，以及兄弟、亲戚、朋友都来送行，兄弟们帮忙搬上行李，办理托运，忙前忙后，满头大汗。时间分分秒秒溜走，长江轮"东方红"号的汽笛声终于响起，听起来感觉有点"凄声连连"。父母细细关照，亲情难舍难分；兄弟姐妹挥手，离别之际依依。告别了亲友，我们缓慢走过跳板，进入轮船，心情沉重，一步一回头！

"东方红"号长江轮船

随着长长的一声汽笛声，轮船慢慢驶离了码头，泪眼蒙眬中，亲友们的身影变得越来越小、越来越小，直到不见踪影。我和湘君两人站在狭长的甲板上，相互依靠，相对无言。望着浦江滚滚浊浪，思绪万千，感慨不已。

抵 达 贵 池

告别了父母亲朋，"东方红"轮驶离了十六铺。短短的几分钟时间，船的左前方就缓缓展现出一长溜壮观的外滩"万国建筑群"，花岗岩墙面的雄伟外观、集西方建筑风格之大全的华美造型，令外地旅客频频发出赞叹。我们强忍着离别时的不舍，张大了眼睛，尽量想把这些代表上海"门面"的建筑物深深印记在脑海里，看一眼、再多看一眼，寻思着这一走，何时才能与它们再相见！

　　大轮驶出了黄浦江，沿着长江逆水而上，过了镇江、南京，就进入了安徽省；船舱里混沌的空气、嘈杂的环境，伴随着对亲人、故乡的思念和对前途的迷茫，令人难以入眠。三更时分，突然听到广播响起：贵池到了！经过三十多个小时的航行，我们二医和少许其他医学院的同学以及不多的乘客陆续走出了船舱。

　　踏上岸一看，当时的贵池码头是个什么破地方呀！近处，脏乎乎斑驳的土墙、破旧不堪的门窗构建成了"候船室"。放眼望去，道路泥泞，一片漆黑，尽显荒凉。远处的草棚上挂着几盏汽油灯，发出些许光亮；草棚里坐着一个老妪，兜售着当地的糕点；几个头戴黑帽、身着黑色破烂棉衣裤、腰上扎着根草绳的中年人拉着板车，在频频招呼着需要运输行李的客人。

　　汽笛声骤然响起，原本毫不起眼的长江轮，此刻在我们的心目中竟是如此的美丽、温馨和重要，它正在缓缓驶离贵池码头，"狠心"地把我们抛下。寒风凛冽、野狗狂吠，巨大的反差，难以想象的落后，仿佛把我们从人间摔到了地下。同学们，特别是女生，哪里见过此等场景？

　　天际线上，慢慢露出了鱼肚白。瞬间，一轮阳光喷薄而出将大地照亮。贵池地区的有关接待单位派人前来迎接，并将我们送往地区政府所在地的贵池县城。一长溜板车上堆满了我们的行李，浩浩荡荡的"板车大军"慢慢行进在尘土飞扬的泥路上。板车两旁，行进着来自上海的衣着光鲜的青年男女，分外引人注目，构成了一道独特的入城风景线。"欢迎大家来到贵池，这一年你们的主要工作就是搞血防（血吸虫病防治的简称）"。同学们坐在一个办公室里，听着有关领导简单的开场白。

　　血吸虫病是因被血吸虫感染而导致的疾病，是那个年代常见和危险的传染病，贵池地区就是血吸虫病的重灾区之一。血吸虫必须寄生在河沟水草的钉螺内，发育为尾蚴后逸出，可经皮肤接触后进入体内，最终"定居"在患者的静脉系统，严重的患者将出现肝、脾肿大、肝硬化、腹水等症状。

领导讲话完毕，我们几十号人被分成了十几个小组，每组五六个人，下放到不同的公社。不一会儿，各个接收单位的负责人就纷纷前来领人了。

我们下放的地方叫红旗公社，在贵池县城的对岸。我们一起去的共六个人，同届甲班的徐同学、68届两位（一位个子高高的姓盛，另一位个子不太高的姓彭）、比我们低一级的叶同学，以及我和湘君两人。除了我以外，其他五位都是女生。来接我们的是公社医院应院长，矮小的个头，笑眯眯的。他告诉我们，红旗公社挺不错的，有电灯！

生死一瞬间

我们六个人的行李又被装上了板车，重新拉回到了贵池码头，去红旗公社需先渡过长江，到对岸的乌沙小镇，然后再步行 15 里小路。从贵池到对岸的渡轮每天只有一班且已开走，我们就临时租了一条小木船。大家七手八脚把行李装到船上，船老大解开缆绳，

冬渡长江

小船缓缓地驶向对岸，殊不知，这一趟水路，差点把我们送入了鬼门关！

冬天的长江，冷风席席、浪涛滚滚。船很小，行李就放在船的中间"压舱"，我们六个人，三人一排，分坐两旁；应院长坐在船后，船老大摇着橹，控制着方向，向着对岸的渡口驶去。江面很宽，风越吹越大，浪越翻越高，天越来越冷；同学们彼此之间紧靠着，谁也没有心思说话。突然间，我看到一艘货船沿着长江顺流而下，速度极快。二百米、一百米、五十米！我们的小木船与货船之间的距离越来越近、越来越近，眼看着就要相撞！我不敢喊，脑子里一片空白，电影里常见的船相撞、人落水、葬身鱼腹的恐怖场面迅速闪现在脑海里。

船老大发现情况十分危险，使劲摇橹改变着船行方向，仅仅相距数米，货轮擦肩而过，掀起一股巨浪，小船顿时颠簸摇晃不止。应院长惊得

脸色发白,豆大的汗珠直往下淌;同船的几位女生,更是吓得大声哭叫。大家惊恐万分地看着货船从我们边上擦过,继续向着下游方向驶去,而我们乘坐的小船,如同一片树叶,无助地飘浮在波涛汹涌的江面上。

望着渐渐远去的货轮,老船工努力将颠簸不已的小船控制平稳,擦去满头的汗水,继续摇着橹、扯着帆与涛涛长江水博击,向着对岸目标艰难行进。

乌沙小轮码头终于到了!船刚停妥,惊恐不已的我们就纷纷跳下小船,上了岸。极目四望,除了几间茅草房,所谓的码头就什么设施都没有了。

基 层 见 闻

"你们在这里等一下,我去乌沙镇找人来挑行李"。应院长一边打招呼,一边前去乌沙镇喊人。半小时、一小时过去了,却仍不见应院长的身影。大家越等越急,越等越害怕。

"要挑行李去镇上吗?每件五角",不知从哪里突然冒出好几个年青农民。看着太阳快要下山,天一点一点暗下来,我们就决定不等应院长,先将行李挑去镇上再说。行李分拣停当,挑夫们一根扁担挑两大件,我们则是肩扛手提小件行李,"鱼贯而行"。谁知刚挑出一二百米远,一个挑夫就开始发难,对彭同学说道:"你这个箱子太重,要一块钱一件",彭不允,说价格早已谈好,不能半途提价!挑夫态度强硬,说你不加钱,我就把行李挑回码头!彭不以为然地说,我就不加钱,看你怎么办!

话音刚落,只见那个挑夫真的挑起行李返身就走,大步流星直向码头跑回去;彭同学大吃一惊,只能跟在后面追。返回码头,挑夫把她的两个箱子放在原地后撒腿就跑掉了,可怜身材不高的彭同学,将小箱子留下,用足吃奶力气将那个大箱子扛上背后,身体几乎弓成九十度,气喘吁吁地一步步向着"自顾不暇"的我们走来;在西下夕阳的余辉下,她那背着大箱子的身影在沙滩上留下了一道长长的印记，显得那么沉重、无助和无奈！

"彭医生，快把行李放下，我看到应院长他们来了"。听到喊声，筋疲力竭的彭医生一屁股坐在地上，许久直不起身。应院长带着几个挑夫，七手八脚把我们的行李重新整理了一遍，挑到了五里路外的乌沙镇卫生院。

第二天，我们继续赶路，又走了十五里路，终于到达了目的地红旗公社。晚饭后，医院开会欢迎我们。昏暗的灯光下，房间里挤满了员工，一位1958年下放这里的上海人，现在医院挂号室工作，走过来用带着安徽口音的上海话和我们打招呼，"他乡遇故知"，我们见到他感觉格外亲切，彼此拉起了家常。

会议开始，负责搞血吸虫病防治（血防）的公社医院江副院长对我们的到来表示欢迎，并简要介绍了接下来的工作安排，接着就是员工自由发言。

"同志们，在伟大领袖毛主席光辉革命路线的指引下，上海的医生们不远千里，来到我们红旗公社，帮助我们搞血防，这是毛主席教导的把医疗卫生工作的重点放到农村去的伟大胜利"！室内空气混浊，透过满房"老烟枪们"的烟雾，我随着声音找去，看见发言的是一个披着旧军大衣的中年妇女，她一边抽着烟，一边抬头看了我一眼，朝我点一下头，然后继续发言："要不断革命，要解放全世界三分之二仍在受苦受难的人民。"又听她说到了消灭血吸虫病的伟大意义。发言者不打草稿、口若悬河，我们听得一惊一乍，自叹不如。经人介绍，她是医院里"活学活用毛主席著作"的标兵。

散会后各自回去睡觉。我的床是由门板加两张条凳搭起来的，一翻身就吱吱作响。抬头张望，横梁上架起一排排黑色的小瓦片就是屋顶，有些瓦片已经破碎，透过裂缝，还可看到明亮的月光。当夜辗转反侧，思绪万千，久久难以入眠。

次日清晨,浓浓的雾气渐渐散去,我们六个同学在"老上海"的带领下外出溜达。红旗公社所在地除了卫生院和不多几个单位外,并不热闹。"街道"两边是陈旧的泥土房,偶见一家店面,卖些有限的日常生活用品和食品,记得有一种用油炸过的面粉小圆子,外面裹着糖粉,叫做"春豆",据说吃口又脆又甜,是当地的特色小吃,五分钱可买一包。

忽闻近处传来一声声沉闷的撞击声,原来那儿是一个榨棉籽油的小作坊。走近一看,黑暗的房间里,几个人正在各自忙碌着;房间正中的木梁上,挂下一根粗粗的绳子,下端套着一根三尺长粗粗的圆形木棍;一个中青年人上身赤膊,正在用力抓住棍子的后端向前抛出,利用木棍前面的圆端击打着已经捆在一起的棉仔"堆",随着一下又一下的撞击,一滴滴褐色的棉籽油从"堆里"慢慢被榨出,顺流而下,汇聚到下面的木质容器里,而这些棉籽油就是当时珍贵的烹调用油。

走出榨油坊,一阵阵叫卖声传入耳中。随着声音望去,只见小小的集市里,一个村姑正在沿街叫卖,她手臂上挽着一个竹篮,里面装着不多几个鸡蛋。我们还不时看到兜售新鲜蔬菜、土鸡、活鱼、虾、甲鱼的小贩们在与买家讨价还价;活鱼4角一斤,河虾5角一斤,甲鱼三角钱、老鸡二元就可买到一只;而蔬菜3分、5分就可买到不少。老上海人轻声说道,当地的农民很穷,家里养的鸡、鸡生的蛋都舍不得吃,而是拿到集市卖几个钱,转手买些点灯用的煤油,以及盐、肥皂、火柴等家里必需的东西。

血 防 锻 炼

休整了一天,第二天我们就在公社医院江副院长的带领下,去基层搞血防了。血吸虫病在中国流行已有悠久的历史,由于大规模开展农田水利基本建设和大量的人口流动,给血吸虫病的扩散提供了条件,导致这种古老的疾病仍在不断地蔓延。据推算,那时全国估计有154余万病人,每年还有数以千计的血吸虫病患者发生急性感染。新中国建立以来,党和政府非常关心疫区人民的健康,组织开展了大规模的血吸虫病防治和研究工作,当时防治工作的目的就是为了阻断血吸虫病的传播途径,重点放在消灭媒介——钉螺。

我们所在的贵池红旗公社位于长江沿岸,周围地区河道纵横,存在着大片冬陆夏水的滩地,钉螺分布极为广泛。我们六位同学不久又分成两个小组,徐同学和我们俩为一组,主要是指导和组织农民消灭钉螺,其他三位同学搞血吸虫病患者的药物治疗。

我们三人被安排在长江边上的一个农民家里居住。土墙、泥地,没有电灯,晚上我们就在豆般大的煤油灯下消磨时光。吃水要自己去塘里挑,倒入水缸待混浊的塘水沉淀后再用,副食品的供应极其有限。房东的生活条件比我们更差,毕竟我们是有固定收入的。尽管如此,他们还是在生活中给予我们力所能及的帮助,还让出了他们家里新打制的大床给两位女生使用,使我们深受感动,彼此之间也建立起了深厚的情谊。在此期间,我们也看到了房东家的小孩因为缺医少药,高烧得不到及时的诊断和治疗,致使因小儿麻痹症造成了下肢残疾。这一段难忘的经历使我们深深地体会到农民性格的淳朴,农村生活的艰辛和农村医疗卫生条件的落后,使我们在以后长期的医疗生涯中,能够深切地感受到基层民众生活的不易,体会到病人的痛苦并努力做到善待每一位病人。

每天清晨,我们就按照预先制定的计划来到生产队,和村民们一起仔细查找和消灭钉螺。无论是刮风下雨还是烈日当头,都可以看到我们忙碌的身影。在灭螺工作的同时,我们还经常利用学到的医学知识在有限的医疗条件下为农民解决一些实际病痛,由此我们深受他们的欢迎和尊重。

艰辛的血防工作恕不赘言,我想远赴西北、西南边疆的同窗,他们所经受的艰难困苦一定比我多得多。然而,在贵池的有些记忆至今难以抹去。

有一天傍晚完成了工作后,我们在返家的途中迷失了方向,周围找不到一个路人,只见河的对岸远处有些许灯光。而要走到对岸只能跨过一座窄窄的、摇摇晃晃又没有扶手的小木桥！因为我是男生，只能强作镇定率先走上桥面，紧跟在后面的是不会游泳的妻子，她勇敢地"夫唱妻随"跟着走上了危桥，接着走过桥的就是甲班的徐同学。过了桥以后我们依然惊魂未定，回看那水流湍急的河面，硬是被吓出了一身冷汗。如果一不小心掉下河里，后果真是不堪设想。

我们的住处离长江不远，空闲时间我们常会爬到江边的小山坡上，一边眺望长江，一边听着徐同学放声歌唱，她那优美的嗓音似乎依然余音绕梁，至今令人难忘。每每看到从上游开来的"东方红"轮船，我们就会心情激动，浮想联翩。

经过一年时间的血防工作锻炼，同学们被再分配到各自的医院工作。随着"文化大革命"的结束，改革开放的浪潮席卷中国，当年贫困落后的贵池农村和其他地方一样，也发生了翻天覆地的变化；而我们的生活则翻开了新的篇章。

光阴似箭、岁月流逝，转眼之间我们都已年逾古稀，然而四十多年前告别家乡的情景和在农村工作的那一段经历，仍旧会时时浮现眼前，难以忘怀。贵池的工作经历磨练了我们的意志，激励着我们在以后的工作和生活中，无论碰到什么艰难险阻都要积极面对，努力向上。今日回首前尘，往事并不如烟！

补　记

结束了在安徽省贵池地区一年的血防锻炼，我和妻子沈湘君两人被分配到安徽省芜湖县人民医院工作，我在内科，她在妇产科。1973年，我俩双双获得了回上海进修的机会，分别在母校的附属医院新华医院内科和第九人民医院妇产科学习。在医院老师的悉心帮助下，这一年多的进修时间使我们的临床专业知识得到了显著地提升。

在芜湖县医院工作期间，我和湘君两人在各自的医学领域里努力工作，深受同事与病家的好评。1978年我如愿以偿，再次考入母校，攻读心内科学硕士学位,师从附属新华医院心内科主任胡婉英教授。1981年研究生毕业后被分配在该院心内科工作。那时候,我除了完成日常的医疗工作以外,还协助导师带教硕士研究生,为医学院学生上内科和内科学基础大课,同时还承担一些科研工作。得益于母校的培养,新华医院学习和工作期间导师的精心指导,同事们的帮助以及自身的努力,使我在心血管内科这一医学领域得到了全面而又严格地训练,为我以后在国外的医学生涯打下了扎实的基础。

1987年,我获得了美国的外国医学毕业生教育委员会(ECFMG)全额奖学金资助,赴美国爱荷华大学(University of Iowa)医学院心内科和基础医学科深造,最终出色完成了进修与研究任务。而后又经过数年的艰苦奋斗,1994年我受聘于皇家布里斯班医院(Royal Brisbane Hospital)心血管内科。该院具有140余年的悠久历史,同时也是澳大利亚著名的医学教学医院之一。我在这家医院工作了近二十年,任职心内科高级医生(senior medical officer)直到退休。我是第一位有国内医学院背景而在该医院担任高级医生职位并服务如此之久的华裔医生。在该院工作期间,我以出色的医疗服务能力、良好的医德和真诚的待人处事态度受到了科室同事、科主任和医院领导的一致好评。

杨振羽在新华医院心内科重症监护室工作(1981年)

1987 年杨振羽在美国爱荷华大学医学院进修期间,获医学院院长、著名医学家 John Eckstein 的亲切接见,两人进行了愉快地交谈

1987 年杨振羽在美国爱荷华大学医学院进修期间,在医学院生理和生物物理系主任 Robert Fellows 教授的指导下做实验

妻子沈湘君是我上海二医的同班同学,毕业以后一起分配到安徽工作,1979 年也再次考入母校,攻读妇产科硕士学位,师从仁济医院妇产科主任郭泉清教授和潘家骧教授,1982 年研究生毕业以后分配在该院妇产

科工作，曾于 1983 年获得上海第二医学院授予的"先进工作者"称号、1986 年获得仁济医院颁发的"记功"奖状。

杨振羽与妻子沈湘君的合影

岁月匆匆，时光荏苒，转眼之间距离我们大学毕业已近半个世纪，出国也有 30 余年；在此漫漫人生旅途中，我们两人始终风雨同舟，同甘共苦，相互扶持，一路前行。行文至此，我们感恩父母的养育之恩，家人的陪伴之心，母校的栽培之情，贵人的相助之德，同窗的相遇之缘；展望未来，我们充满希望和信心。

青涩岁月 有苦有甜

姚 进

69 届的我们足足等待了一年，才被毕业。1970 年 7 月，我和小班同学，也就是我的夫人王昌夏一起被分配到了宁夏海原县郑旗公社卫生院工作。大概因为那地方太缺医少药了吧，我们没有像大多数同学那样先下乡劳动一年，而是直接在卫生院上班了。1979 年，因国家相关政策的改变，我们被上调到了宁夏固原地区卫校。

姚进在郑旗卫生院旁的山梁上（1970 年）

在山区卫生院的九年岁月里，我们付出了无悔的青春，看到了当时广大农村缺医少药的真实情况，也感受了农民的纯真、乐观、忍耐……在那段艰苦的岁月中，有许多趣事常常在我的眼前浮现。回想起来，那段日子既苦、又有点甜，也许这就是"青涩"吧。

艰苦创业

1970 年 7 月的一天，我们去上海北站购买赴宁夏海原县的火车票，售票员告知：海原是不通火车的，只能买到白银，然后再逐日转乘几次汽车,方可到达。

七天后,在嘹亮的汽笛声和规律的车轮与铁轨撞击声中,我们兴高采烈地奔向大西北,心中憧憬着那即将开始的救死扶伤的崇高事业了。到大西北去,到艰苦的地方去,到病人最需要我们的地方去,那是多么美好的事儿! 海原那时还实行"县革命委员会"的建制。一去报到,接待我们的同志出乎意料地热情。笑脸相迎,态度亲切,马上安排我们到县招待所住下,还主动派车到汽车站拉行李。我们多日来长途跋涉的疲惫顷刻间烟消云散。古人说:暖人不如暖心! 太有道理了。

在县招待所已经住了一群上海来的、北京来的、宁夏本省的新报到大学生。集中一起要办两个星期的学习班,结束前每人还要写一份思想汇报。一群年轻人在一起学习倒也热闹,轻轻松松,嘻嘻哈哈。休息时,跳跳蹦蹦在招待所院子里采树上的香水梨和当地一种比山楂大些、口味类似小苹果的果子吃,真是不亦乐乎。几天下来和一个宁夏大学中文系的海原本地人熟悉了,就问他:"回民到底是怎么样的?"他大笑着回答:"你看我怎样? 我就是'老回回'一个!"原来有的回民也不戴小白帽,外表和汉民差不多。

学习结束后,我们被分配到位于宁夏南部山区的郑旗公社卫生院,因为那儿还没有通公交班车,公社派了拖拉机来接我们。路是坑坑洼洼的乡村土路,座驾是"噗呲噗呲"喘着大气的拖拉机。坐在上边那个颠呀终生难忘,那时自己比较瘦,臀部没多少肉,被颠得疼痛难熬,胃里也似乎翻江倒海。真是"不坐不知道,一坐忘不了"。几天后疼痛的感觉似乎还没有完全消失。我们一到卫生院大门口,立马被一群上街赶集的父老乡亲们围上了。他们叽叽呱呱:"哟,来了二个上海的娃娃大夫"! 那个场景恍如发生在昨日,如今依然清晰浮现在我的眼前。

20 世纪 70 年代,这个西北卫生院总共只有七八个人,基本没有什么分科。当时我们卫生院外科工作只能够做的就是割脓包、拔指甲、缝合小伤口这些最简单的手术。而且拔牙也得会,因为那里没有口腔科医生,不会搞根管治疗和补牙。如果病人牙痛得受不了,他们就会要求拔掉,长痛不如短痛,一拔了之。当年卫生院的工作条件十分简陋,在临床工作中,我们会不由自主地想到白求恩并以他为榜样,白求恩能在破庙里做手术,难道我们卫生院的条件还不如那个破庙吗。"不想当元帅的兵不是好兵",当然不想开胰十二指肠切除的外科医生肯定不会成为一名普外科好医生。"有条件要上,没有条件、创造条件也要上!""病人的需要就是我们的努力方向!"这些真不是喊口号,那时代的人就是这么个想法。这种境界只有同龄人才会理解和认同。

姚进从宁夏回上海探亲与妻子合影(1972 年)

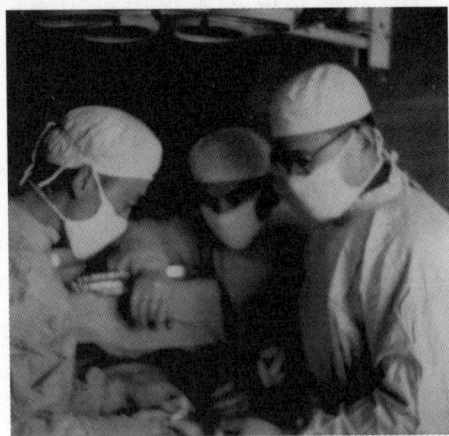

姚进(右一)在郑旗卫生院做手术(1972 年)

面对种种困难,但是我依然立志必须在卫生院开展一些新的手术,为当地民众排忧解难,并且成了我努力的方向。那时正在搞战备,所以县卫生局仓库里有大量的战备手术器械。只要你想开展手术,去领就是了。于是我就到县卫生局去领了腹部器械箱、简易手术床、高压消毒锅、煤油打气喷灯、脚踏吸引器、人流包、麻醉包,等等。卫生局管物品的那位正是来自北京医学院的,与我同年分配到宁夏海原县,我们曾经一起在招待所住了两个星期。我俩好说话,他让我整整拉了一拖拉机物品回卫生院。回到乡里,把公社书记乐得合不拢嘴。接下来又买了白布,请裁缝按照书上尺寸做了手术用的大单、中单、小单、手术衣、手套消毒包等。我们还请拖拉机站的人做了一个放高压锅的铁架子。自己打包、自己消毒,术后还要自己清洗手术器械和布类用品,一切自力更生。于是乎,卫生院第一例阑尾手术开展了,慢慢地疝气、痔疮等也做了。手术例数最多的还是肝包虫囊内摘除术。此外,剖腹产、子宫次全切和溃疡穿孔修补术(当时尚不开展胃切手术)等手术也相继开展。

几年下来,当地老乡告诉我,他们背后把我称作"开肠扒肚的姚大夫"。每次回上海、去县城、去固原,我都要去书店买专业书籍,其中包括《手术学》《手术图谱》等。在宁夏基层卫生院的九年,看起来似乎是我兢兢业业、勤勤恳恳的九年,也是我因陋就简、千方百计创造条件为乡亲们解决病痛的九年,我不知道做了多少例手术,也不知道挽救了多少名患者,但是老乡们记住我,感激我。其实,我心知肚明,是山沟里的乡亲们信任我,他们用自己的生命为我搭建了平台,让我的医疗技术在临床实践中得到不断地提高,是我应该感谢他们!

值得指出的是,在那里,即使出了医疗差错,他们从来不会和医生吵闹。或许这就是他们的秉性和善良,或许是他们的宗教信仰决定了他们对医疗差错、医疗事故的特有态度。据说,他们认为人生一切都是胡大(回民称为真主为胡大)造下的。受痛苦、死亡都是胡大的旨意。你即使被医死了,也只是胡大借医生之手将你收上天了。假如和医生吵了、闹了,就是违背了胡大的旨意。胡大必然将你打入地狱！我们就是在这样的环境中逐日成长。现在回想起来,这样的青春岁月也是一种财富！

享用大米

在宁夏山区的卫生院,那里每月供应每人 30 斤口粮,其中 23 斤面粉、5 斤黄米,还有 2 斤大米。因为我们是上海人,粮站主任说:照顾你们,黄米就不要吃了,都给你们买细粮吧。但是对于我们原来一直以大米为主食的南方人来说,一个月才区区 2 斤大米,怎能适应？于是,在那段日子,我们绝对不敢烧饭,只能把珍贵的大米用来熬粥。这样可多吃几顿,解解馋。即使这样,一个月的指标,几天就吃没了。事不凑巧,刚到乡下不久,夫人王昌夏生病了,发烧,吃不下东西,只想喝粥。没办法,我只好跑到粮站去和粮站主任商量,王大夫病了,吃不下东西,能不能照顾一下,给买几斤大米烧粥吃？粮站主任一本正经地答复:"增加大米额度,那是需要公社批的,我不能够随随便便坏了规矩。"

第二天,我就按照粮站主任的指示到公社申请。那天见到了公社副主任并向他说明原委。他说:"你先打个申请报告,我批准后。你再凭报告和批示就可以去粮站买米了。"如此这般,我批到了额外的 4 斤大米的指标。这位领导在申请报告上作批示时,还友好地告知:"按规定,只能给病人增加一个月(即 2 斤)的购买指标。但王大夫是女同志嘛,就按两人一个月买 4 斤的指标批给你吧。"公社副主任的"高抬贵手"解决了我们的燃眉之急,当时我十分感动。好在 4 斤米没吃完,夫人病就好了。几个月后,粮站主任来卫生院看病,看完病和我说:"以后你们想买多少大米随你便。"听到这话,自己真有点受宠若惊了,但还是情不自禁地说:"几个月前,王大夫病了,想喝口粥,你不是要我到公社去批的吗？还说不能坏了规矩。我没听错吗？"他面不改色并从容地说:"那时候你们不是刚来吗？我们彼此不是不熟悉吗？现在熟了，事情就好办啦"。俗话说得好，哪个门后没有鬼？（意思哪里都有开后门的）我从此知道了，政策是由人制定和掌握的，但执行的标准是可以浮动的。哈哈哈！

下乡行医

有一天，卫生院来个病情严重的18岁小青年，是他两个哥哥用架子车拉来的。到卫生院时病人已经神情木然，我赶紧为他量了血压，血压计显示80 mmHg/50 mmHg，病情大为不妙。他哥哥说："弟弟昨天开始肚子痛，痛得很厉害，吃了止痛片不管用，今天不叫痛了，但人没神了，连水也不喝了。"我赶紧做了体检，而后马上输液，考虑他可能属于阑尾穿孔感染性休克。经过探查，果不其然，验证了我的判断。于是在局部麻醉下，我为他做了阑尾切除，吸尽腹腔内的脓液，放了根烟卷作为引流管。病人术后恢复极为顺利，切口也没感染。一周后，兄弟几个高高兴兴回家了。

数月后我下乡到了他们生产队。村口碰到了病人大哥，他对我说："姚大夫，你救了我弟一条命，我知道今天轮到你下乡，中午你不要吃'派饭'了，我老婆已向生产队请假，现在家做饭了。等会儿你一定要到我家吃饭。"盛情难却，我也省得找队长安排吃饭人家。中午我一到他家，马上被迎到客房，他们一家热情招呼我："上炕，上炕"。于是我上了炕，在小炕桌旁盘腿而坐。炕下，只见一群小孩看热闹，门口时有妇人闪过张望。我和男主人说："你也上炕呀。"答曰："你是客人，按我们乡俗，是你一人吃的。"天哪，他们的风俗习惯，来贵客主人是不陪的，男主人站在坑边看你吃，女主人只管烧不进屋的，小孩子是可以进进出出看热闹的。

转眼，男主人端上来一大碗手擀面和一碗水煮鸡蛋，足有8～10个（总不能细数吧，哈哈）！即使我再年轻，哪怕已经翻山越岭耗费了不少体能，哪怕已经走累、饿得饥肠辘辘，也是吃不了这么多的啊！主人说：

"不要紧，不要紧，吃不了剩下，可以给娃娃吃的（当地习俗汉民吃剩的东西，回民的成人是绝对不碰的，但小孩子可以吃）。"于是我敞开肚子，饱餐了一顿。主人高兴地笑着，孩子们去捞大碗里剩下的鸡蛋。我撑饱了肚子，把嘴一抹。说声："谢了，我要赶回公社了。再见！"话音刚落，但见男主人笑容顿消，不高兴了！"不行！！你看不起我们？我们五兄弟的老婆们今天全请假了，都准备好了饭，你每家都要到！"我的天哪，你怎么不早说?！那大哥说："你吃不下，也一定要到每家去一次，哪怕只吃一口，我们就高兴了。"回民兄弟的盛情好客让我无法推却。

恭敬不如从命，于是我只能再去其他四兄弟家，一一点到。有蛋丝手擀面，有蒸馍，有咸韭菜，有酸菜……每家尝一口。虽然没有羊肉，也不是山珍海味，但都是白面。要知道他们的白面是专给客人吃的，他们自己大部分都是吃粗面、黄米。更何况为了我一个人的一顿午饭，要折腾大半天，还惊动五位兄弟的老婆，她们都是请了假的哟，当天的工分没有了呀。多么纯朴的老乡！多么纯真的谢意！

险遇恶狼

40多年前为了购买猪肉，去赶了一次集，差点把命给丢了，现在回想起来，依然不寒而栗。我们郑旗公社是个纯回民公社，没有猪肉可买。若想要吃猪肉，就要去20多里外的黑城公社赶集才能买到。

一天下午，我骑自行车去买肉，出发晚了点，回程时已近黄昏了。山路旁没有人家，天快黑了又没路人，当然更没有路灯。骑了片刻累了，就歇下抽根烟，只见约100米开外有一条"大狗"瞪着我。于是我赶紧骑上车回家，骑了百米，我回头看了一下，它居然一直尾随着我。我停下了看它，它也停下看着我。我想它饿了，大约被我后车架上的肉引诱了吧？"没门，我自己要吃的"，我在心中对自己说道。不要说是用钱买来的，光来回我就得赶四五十里路，我容易吗。

于是,赶紧跨上自行车一阵猛骑,想甩掉它。不料我快它快,我停它停,紧跟不舍!转眼天全黑了,再一回头,我的上帝啊!好恐怖!怎么狗的眼睛发绿光?!千真万确,这一景,我刻骨铭心,永远不会忘。荒山野岭,天黑无月。除了我和它,绝无人迹!惶恐之际,我也不知道哪来的力量,赶紧喘着粗气拼命加速骑车。好不容易前方可见到点状灯火了,此时离村口大约只有一二里路了。猛然听到村里群狗狂吠。我想总算把肉保住了。再回头看时,那绿眼东西不情不愿地回头离开了。第二天和老乡说起此事,他们笑死了:"那不是狗!那是狼呀!以后你晚上看看狗的眼睛有没有绿光就知道了。再说这条山路上又没有人家,哪来的狗?"哇!我情不自禁地为自己庆幸:"我的命大、命大、命真大"!

一 次 失 误

肝包虫病是西北地区的常见病、多发病。那里的老乡要让它长得很大,压迫症状很严重时才来就诊。当时的卫生院不要说 B 超、连 A 超也没有,全靠医生触诊。一次一个 30 多岁的女病人,肝脏肿大已经平脐了,她说自己已经蹲也蹲不下了,生活很不方便。我应用了一次性硬膜外麻醉(胆子够大的,不过那时候不会置管,做连续硬膜外麻醉)。上台后,穿刺吸尽囊内液,取去囊皮,用碘酒纱布擦拭囊肿外壁后,再行内翻缝合。初出茅庐的我,想到手术后病人压迫症状将会消除,可以舒服多了,心中一阵欣喜。在取掉了大肝包虫后,肝脏回缩到了肋缘。此时我开始探查肝脏了,于是将手顺肝表面和肋下向上摸去,不料在右肝的前叶,上段还有一个肝内包虫囊肿,直径约 12 厘米,表面有 2 厘米厚肝组织。我随手在囊肿表面的肝组织划了约 8 厘米的口子。这一下犯了一个原则性错误!没有预做肝切口边上的连续锁边缝合。说时迟、那时快,顿时鲜血直涌。视野一片血糊糊。我紧张地赶紧用纱布垫压迫,吸引器猛吸(当时还是脚踏吸引器)吸掉腹内鲜血,拿开纱布垫察看。即刻再次汹涌血喷，术野不清。马上再次用纱布垫紧紧压迫。此时只听到量血压的内科医生大声叫："血压跌下来了！"我嘱咐赶紧开放二路静脉，快速输液，不好了，出大事了。病人随时有死在手术台上的可能。我们卫生院根本没有血源，即使请县医院救护车送血也要两三个小时，远水根本解决不了近渴。情急之下，将压迫纱布垫继续压迫，手术室人声顿消，只有脚踏吸引器猛吸的声音。我冷静下来，从下缘开始，将纱布垫上推1厘米，马上用羊肠线缝合1厘米。就这样，边吸、边压、边向上移、边缝合出血的肝切口。幸好，此女命不该绝，胡大保佑她，我们医护人员终于顺利下台。术后病人脸色极其苍白。估计血色素大约只有8克左右了。黄土高原的人，血色素比平原人高，我在宁夏时有15克多呢。可见当时的一会儿出了多少血。当地人的生命力极强。3个月后，那病人到公社来赶集，顺便到卫生院来看我。那时她又是红光满面了，我们相见甚欢，她居然没有丝毫怨言，没有一点责怪，还谢谢我，说比开刀前舒服多了，现在能蹲下了。

时间又过了3年，那也是我在卫生院工作的第九个年头，我将要上调到固原市了。消息传开后，那个女病人又来找我了并说道：姚大夫，你三年前给我取了个大的囊肿，还给我留了个小的。现在你要走了，以后没人开了，你把那个小的也给我取了吧。我说，你怎么知道的？她说，你们讲话我都听到的。我想，是啊，手术时不是全身麻醉。我说，你怎么还相信我呢？还要我开呢？不去县医院开？她说，上次又不是你故意的，是我的命，胡大造下的。我被深深地感动了，答应了她。万幸，我给她再次手术经原切口进腹，肝表面切口用羊肠线预做了一圈连续锁边缝合。手术顺利完成。感谢胡大，感谢病人的宽容！真正怀念那时候的医患关系，深切地感受到了纯朴病人的宽容！

青春无悔！谨以此文纪念逝去的青涩年华。

姚进重返故地,百感交集

姚进重返郑旗乡,在街头被村民一眼认出,双方热烈拥抱

风雨过后是彩虹

——写在毕业 40 周年前夕

周涵春

　　打开电子邮箱,在众多英文邮件中,张美云同学给我发来的"告知毕业 40 周年纪念活动通知"跃入我的眼帘,我迫不及待地立即打开,内心一股涌动,情不自禁想写些东西来与同学们一起分享我这 40 年来的风雨生涯以及人生感悟。

　　1970 年 8 月,我与大多数同学一样,告别母校——上海第二医学院,奔赴祖国最需要的地方——被分配到了陕西省商洛专区。经过一年的劳动锻炼,我被派到一个山区公社卫生院,成了一个名副其实的"赤脚医生",从此开始了乡村医生的专职生活。商洛位于陕西省的东南部,那

周涵春

里十分贫穷落后,没有电灯,也没有自来水,当然那里更缺医少药。在这艰苦的环境里,我跌打滚爬了七年,竭尽全力救死扶伤,使无数村民转危为安。这七年里,我经了风雨,见了世面,在农村这个社会大熔炉里无论是意志品质、还是医疗技术都得到了锻炼和提高。现在回首往事,这七年是我人生不可多得的宝贵财富,让我能坦然面对此后在人生中任何的艰难与困苦。

由于思乡心切，同时也是为了进一步提高自己的医疗业务能力，1977年，经过不懈的努力，我告别了陕西，调回了上海后方古田医院，并进入妇产科工作，成为一名专科住院医师。尽管医院坐落在安徽歙县，但毕竟离故乡上海近了。

在繁忙的临床工作中，我深切地体会到，自己拥有和掌握的业务能力及专业知识相对落后与匮乏，应该寻个机会给自己"充电"。1979年，我报考攻读妇产科学硕士学位，最终如愿以偿。在故乡上海，我又开始了正规的学习生涯。因为有陕西这七年艰辛经历积淀，我特别珍惜在上海的工作与生活机会，同时对未来充满信心。在取得硕士学位后，我从一名妇产科住院医师一直做到副主任医师，努力为保障中国妇女的健康贡献自己的绵薄之力。

1993年，在我将近50岁时，人生轨迹又发生了变化。那年我随先生来到美国，当时感到一片茫然，不知我这名妇产科医生在这里还能干些什么？

头一年，因为找不到合适的工作，我在美国中西部密苏里州的一个小工厂打了一年工，而且是从夜班做起。第二年终于找到我在美国的第一份正式工作——在一家肿瘤医院的细胞遗传实验室当了一名技术员。我很珍惜这份工作，花了整整一年时间积累经验与准备资料，最后终于通过了 NCA 资格考试，取得了细胞遗传学技师资格证书。成为一名专业的细胞遗传学技师，由此开始从事我人生的第二份职业。正是手握这份资格证书，我充满自信，从容面对此后多次工作转换的面试。

2003年，在将近60岁时，我再次挑战自我，申请去了仰慕已久的史坦福大学医院细胞遗传实验室（位于加州湾区）工作。经过面试，我很高兴能被他们录用并十分热爱这份工作，同时也特别珍惜这个机会。这些年来，自己始终坚持踏实、勤奋与执着的敬业精神，并在工作中取得了较为显著的成绩，由此赢得了美国同行的尊重。

回顾毕业后 40 年的风雨人生，我首先要感谢我父母和母校的老师，培育了我良好的人生态度和敬业精神，不论身处逆境还是顺境都能坦然面对。我也特别感谢我先生童伟，总是在我人生关键时刻给予我莫大的鼓励和支持。几十年来，我俩相濡以沫、风雨同舟，共同创造家庭的美好生活。

今天在我们毕业 40 周年之际，我有这么一种冲动想与大家一起分享我的人生感悟。我常常在思忖：人生其实就是由艰辛、坎坷和奋斗构成的，只有历经千辛万苦并克服了艰难险阻，才能走出一条精彩的人生之路，真可谓"风雨过后是彩虹"。

岁月流逝是一条自然规律，如今我们每个人都开始步入老年，不必惋惜也无须叹息。我们只有用心做好岁月的主人，忘掉年龄、忘掉烦恼，我真诚希望与同学们一起勇敢面对新的人生挑战，珍惜当下，积极乐观过好每一天！

周涵春及其先生的合影

我 的 母 亲

蔡映云

　　终于他们发现有一个地点。有一个时间是肯定能找到我的，那就是门诊室，因为我是不会轻易停诊或改期的。从此，我有了一位只挂号但不看病的病人，那就是我的母亲。九十多岁高龄的母亲在生命的最后时光里为我手抄了三部经典，告诉我灵魂纯化要诵《心经》，为人处世要学《论语》，行医用药要读《孙子兵法》。

只挂号不看病的"病人"

　　我有一位挂我的号但不看病的"病人"，那就是我的妈妈。

　　我与爸爸妈妈分开居住，会经常去探望他们，也会带一些生活用品或药物去。但如果他们临时有事要找我商量，就很困难了。因为当时都没有手机，家里也没有电话机，有事要

蔡映云和母亲（1978 年）

到居委会去打公用电话。那里排队候机的人很多，等候时间很长。而且环境嘈杂，老人耳朵背，听不清楚。说话的时间还不能长，否则就有人不停地催促。老年人说话节奏慢，又啰唆，常常遭到责备。这样一催，就把本来打算要说的话全忘记了。于是她们就直接到医院来找我，那就更困难了。

我是搞重症抢救的,要在全院跑来跑去。也许我在肺科病房,也许在急诊室,也许在ICU(重症监护室),也许我外出开会或会诊,也许我到学校上课,甚至到外地去开会、讲课、会诊去了。即使找到了我,如果我正在抢救病人,我都不能找个地方让老人坐下来慢慢讲。常常就站在走廊里谈几句。而且时不时有护士或年轻医生来反映病人情况,病人家属也会插进来打断我们的谈话。由于我心里还惦记着病人的情况,显得心不在焉。即使晚上到家里找我,也不知道要等到几点钟我才能到家。好在爸爸妈妈都非常理解我的工作性质和特点,从来没有怪罪过我。现在想起来,真是对不起!

终于他们发现有一个地点、有一个时间是肯定能找到我的,那就是门诊室。因为我每周上门诊的时间是固定的,诊室也是固定的。而且不到万不得已,门诊我是不会轻易停诊或改期的。因为门诊还有大量的外地病人,若停诊或改期,将给他们造成

蔡映云(前排左一)全家照(1953年)

很大的不便,同时也加大了他们的经济和时间成本。更要紧的一点是在门诊室一对一的对话,一般不会有其他人来打扰。

有一天下午,我正在看门诊,靠墙的一长排凳子上坐着一位老人,静静地等候着,一个一个往前移动。那是我的妈妈啊!我多么想让她走上前先坐下看起来,但我犹豫了。因为前几天一位要赶飞机的病人给我和其他候诊病人看了飞机票,时间的确非常紧迫,我就给他先看了。结果遭到了投诉,最后受到医院门诊办公室的批评。护士是认识我妈妈的,就给其他病人做工作,并大声地解释:"这位老年人坐不动了,你们照顾一下行吗?"但妈妈婉拒了,她说:"我尽管年纪大了,还是要守秩序的,否则就会乱套的。"当妈妈排队到位坐在我的面前,我问她:"您不舒服

吗?",她回答道:"没有,我只是要给你讲几句话。"我的眼泪几乎要涌出眼眶。作为医生的母亲,您太理解做医生的儿子的处境和困难了。对不起,我的妈妈!

两位母亲的遗愿

2015年1月份一个寒冷的深夜,母亲永远地离开了我们。在她生命的最后几年,身患好几种慢性病,而最终击倒她的是晚期胆管癌。我作为长子,又是医生,理所当然地承担了许多医疗决定和医疗处置,也惊动了我的一些老师、学生、同事、朋友。因此,当妈妈自忖将不久于人世,她关照我,她活在世界上给大家添了许多麻烦,耽误了他们的时间,有时候还要让他们破费。如果她走了,就不要去影响人家,更不能收他们的人情。因此,我牢记母亲的告诫,没有把她去世的消息告诉别人,在医院里也不戴黑纱。当年我还没有退休,但我工作了30多年的医院只来了一个人参加追悼会,那是我请她打印悼词的学生,而且她也守口如瓶没有泄漏消息。

正在我暗自庆幸满足了母亲的遗愿时,却发生了意外。那一天上午,我走进爸爸居住的小区,然后戴上黑纱。一辆小车迎面开来,突然停车,摇下车窗,一位50岁左右的女士探出头来,指了指我的黑袖套,问道:"怎么了?"。我以为是小区的邻居,就说:"妈妈过世了。"不料车上立刻下来两位女士,她们说:"您不认识我们,一定认识我的妈妈。我们是杨某某的女儿。"我想起来了,杨某某是我20多年前抢救的一例急性呼吸窘迫综合征的病人,她们居然与我父母住在一个小区,而我却从来没有见过她们!女士又说:"妈妈去年离世了,她生前经常讲,自己多活了20多年,多亏了蔡医生。此生恐怕没有机会再回报人家了。她希望自己百年以后,如果我们遇到机会一定要代为还上这份人情。今天居然那么巧,碰上了。这也是天意。快告诉我们住在几号楼几室? 让我们带着爸爸一起去鞠个躬,点柱香。"我心想坏了坏了,根据传统的习俗和对方的关系,绝对不是鞠躬点香那么简单的。我一面传达母亲的遗愿,一面急匆匆地跑离小区,走进一家商店,终于甩掉了她们。

下午,杨某某的老公还是找到了我,表达了心意。我实在无法拒绝,因为那是年长我好几岁的老人,而且十分诚心诚意。但这样一来,他还是给我出了一道难题,经过思索我终于想出了一个解决的办法。刚过"五七",我买了一件羊绒的上衣登门送到杨某某老公的家里。这样才算同时完成了两位平凡的母亲的遗愿,但愿两位母亲在天之灵都得到安息!

行医用药需读《孙子兵法》

妈妈永远地离开了我们,我们子女商量决定她的全部遗产都留给爸爸养老,不够的部分再由我们子女分担。尽管我们没有继承金钱财产,但妈妈还是给我留下了十分宝贵的财富,那是金钱无法买到的。那就是妈妈在生命的最后时光里为我手抄的《心经》《论语》和《孙子兵法》,三部经典合计共抄了3万多字。她告诉我灵魂纯化要诵《心经》,为人处世要学《论语》,行医用药要读《孙子兵法》。

妈妈去世不久,妹妹希望我把妈妈为我手抄的《心经》等用照片通过微信发给她。当我恭恭敬敬地打开妈妈的手抄本,我发现那是2013年4月手抄的,离开妈妈故世只有1年多,但笔法还是那么刚劲有力,字迹还是那么清晰明了。那是90多岁高龄的母亲给子女书写的最后的叮咛。也许她正忍受着多种慢性疾病的折磨和痛苦,写写停停、不知道花费了多少个日日夜夜。

我拍了照片从微信发出去了,结果就有朋友问我这是谁手抄的?有什么故事吗?原来当时我刚刚学会用微信,操作失误,本该发给我妹妹一个人的,却发到了朋友圈。这下坏了,因为妈妈去世前再三关照我们,不要惊动别人，不要打扰别人，不要让人家破费。当时我还不会删除，求教了朋友马上删除了。但还是有不少人陆续来微信追问。我只能失礼了，咬紧牙关一概不予回复。过了"五七"，我才从微信群里解释了事情的原委，并且向各位朋友致以深深的歉意！

孙子兵法

孙子曰：兵者，国之大事，死生之地，存亡之道，不可不察也。

故经之五事，校之以计而索其情：一曰道，二曰天，三曰地，四曰将，五曰法。道者，令民与上同意也，故可以与之死，可以与之生，而不畏危。天者，阴阳、寒暑、时制也。地者，远近、险易、广狭、死生也。将者，智、信、仁、勇、严也。法者，曲制、官道、主用也。凡此五者，将莫不闻，知之者胜，不知者不胜。

故校之以计而索其情，曰：主孰有道？将孰有能？天地孰得？法令孰行？兵众孰强？士卒孰练？赏罚孰明？吾以此知胜负矣。

将听吾计，用之必胜，留之；将不听吾计，用之必败，去之。计利以听，乃为之势，以佐其外。势者，因利而制权也。

兵者诡道也。故能而示之不能，用而示之不用，近而示之远，远而示之近。利而诱之，乱而取之，实而备之，强而避之，怒而挠之，卑而骄之，佚而劳之，亲而离之。攻其无备，出其不意，此兵家之胜，不可先传也。

夫未战而庙算胜者，得算多也；未战而庙算不胜者，得算少也。多算胜少算不胜，而况于无算乎？吾以此观之，胜负见矣。

作战篇

孙子曰：凡用兵之法，驰车千驷，革车千乘，带甲十万，千里馈粮，则内外之费，宾客之用，胶漆之材，车甲之奉，日费千金，然后十万之师举矣。

其用战也贵胜，久则钝兵挫锐，攻城则力屈，久暴师则国用不足。夫钝兵挫锐，屈力殚货，则诸侯乘其弊而起，虽有智者，不能善其后矣。故兵闻拙速，未睹巧之久也。夫兵久而国利者，未之有也。故不尽知用兵之害者，则不能尽知用兵之利也。

善用兵者，役不再籍，粮不三载，取用于国，因粮于敌，故军食可足也。

国之贫于师者远输，远输则百姓贫。近于师者贵卖，贵卖则百姓财竭，财竭则急于丘役。力屈财殚，中原内虚于家，百姓之费，十去其七；公家之费，破车罢马，甲胄矢弩，戟楯蔽橹，丘牛大车，十去其六。故智将务食于敌。食敌一钟，当吾二十钟；䓣秆一石，当吾二十石。

故杀敌者，怒也；取敌之利者，货也。故车战得车十乘以上，赏其先得者，而更其旌旗，车杂而乘之，卒善而养之，是谓胜敌而益强。

忆昔日和谐的医患关系

杨振羽

　　1965 年初春,父亲突然出现无痛性间歇性血尿,上海华山医院泌尿科创始人沈家立医生成了他的主治医师。沈医生对待病人一丝不苟、认真负责的高尚医德和人品,深深影响了我日后的行医生涯,而当年那种和谐的医患关系,不需送礼、送红包的做法,至今回想起来依然是满满的正能量。

　　1965 年初春,父亲突然出现无痛性间歇性血尿,开始并没有引起他太大的注意。而我那时在上海第二医学院(现改名为上海交通大学医学院)就读二年级,根据我当时学到的有限医学知识,强烈建议父亲做进一步检查。经亲友推荐,找到了上海华山医院泌尿科的沈家立主任。

杨振羽(左一)与父母亲在上海襄阳公园合影(1964 年)

　　沈家立医生是上海华山医院泌尿科的创始人,当我陪父亲去见沈医生,第一眼就对他留下了难忘的印象:沈主任当时正值中年,个子不太高,下巴稍稍上翘,虽然话不多,但态度十分诚恳。在详细地询问了父亲的病史并做了全面的体检后,沈主任当即开了住院单,安排父亲尽早住院作膀胱镜检查,并告诉我们,他将会根据检查结果做进一步处理。

　　没过几天,父亲的入院通知就来了。当时华山医院的泌尿科设在一幢老式二层楼洋房内,病房和手术室不在同一个层面,楼上、楼下又没有电梯,病人做膀胱镜或者手术前后,需要男护工用担架在宽阔的楼梯内将病人抬上抬下,看上去那是个十分累人的活儿。

父亲做完了膀胱镜,从楼上的手术室被抬回楼下的病房;我和母亲则心情焦急地等待着沈医生。他看到我们后快步走过来,告诉我们说,膀胱镜检查发现父亲患膀胱肿瘤,需要进腹作膀胱部分切除手术,我们一下子就被吓倒了。望着我们惊恐的眼神,他不断地宽慰我们,同时说,他会尽快安排手术并亲自为父亲操刀。

"手术很成功!"父亲手术结束后,沈家立主任说的第一句话使得我们稍稍宽了心,"切除的肿瘤及相关组织已经送去做病理检查",沈医生接着说道。在随后的几天里,沈医生时时出现在病房里,仔细询问和检查父亲以及其他病人的情况,沈主任那种和蔼可亲的音容笑貌至今仍旧深深印刻在我的脑海里。

一周后的一天下午,沈医生瞒着父亲,悄悄将母亲和我约到了他的办公室,告诉我们说,病理切片的报告已经来了,是恶性肿瘤。随后他告诉我们接下来将为父亲作膀胱内灌注化疗。

当晚,天气阴沉,春寒料峭。我和母亲带着父亲的病理报告单,忐忑不安地依约去见一位亲戚,他当时是上海某医院的外科主任医师。短短的交流之后,我注意到他的脸色渐趋凝重和不安,最后缓慢地吐出一句让我至今难忘的话语:很不幸,根据病理报告的结果和目前的医疗水平,病人的预后很差。我赶紧问道:"父亲还能存活多久"? 答:"最多两年。"他的回答使我们母子两人如遭五雷轰顶。我不知道当天晚上和母亲是如何回到家的,这晴天霹雳的坏消息如同一股寒流从脑门直插脚底,而此刻,父亲正静静地躺在华山医院的泌尿外科病房里。

父亲是何等聪明,尽管母亲和我在他面前强装笑容,刻意隐瞒真相,但他还是很快知道了病理报告的内容。经过短短几天的情绪低沉后,父亲就积极面对现实，以坦然平和的心态应对漫长而又痛苦的治疗与检查。

按照沈医生所拟订的方案，手术后不久，父亲就接受了化疗；而每三个月一次（以后改为六个月一次）的膀胱镜检查对于我们来说，这就像是一次巨大的折磨；如果检查结果正常，那种愉悦的心情无与伦比；而每当发现有新的肿瘤，则恐惧的心理油然而生！记得当年的膀胱镜检查，每次都由沈医生亲自动手进行。

在随后发生的"文化大革命"期间，沈医生也受到了冲击，除了日常的医生工作外，他有时也要做抬送病人上下楼的工作！望着他疲惫的身体、瘦削的面孔，我当时的心里确实很不好受。

手术后的三年期间，因为肿瘤复发，父亲又经历了再次腹部手术和膀胱镜下肿瘤电灼手术，均由沈医生进行。每次术前、术后他都是一丝不苟、认真负责。沈医生的高尚医德和人品，同样也影响了我日后的行医生涯，而当年那种和谐的医患关系，不需送礼、送红包的做法，至今回想起来依然是满满的正能量。

父亲除了积极配合沈医生的治疗外，还同时服用中药和民间"偏方"；当父亲得知老菱角煮水喝有抗癌作用时，就在每年菱角上市期间，从我家对面的水果店购入大批菱角，每天要喝上几大碗的老菱角汤；还要喝下从龙华医院配来的中草药汤汁，每天的"药量"都大得惊人，但他却数年如一日，从不间断。父亲面对"绝症"时坚强、达观的处世态度和永不放弃的精神，使他在被癌症判处死刑、"最多只能再活两年"的预言之后，又顽强地

父亲90岁时与杨振羽的合影

活了下来，并以高质量的生活水准又继续生活了整整40年！这不能不

算是一个医学上的奇迹！

在亲戚朋友的眼中，父亲是位知识广博、谈吐得体、衣着整洁、热情友善、体力充沛的长者，在我们的心目中，他是位十分爱家、顾家；极具责任心、有担当而又和蔼可亲的好父亲。

值得欣慰的是，20 世纪 90 年代初期，我们就将父母从上海接到澳大利亚同住，以尽孝道，并一起度过了三代同堂、四世同堂难忘而又快乐的时光。2007 年 6 月 20 日，父亲以 91 岁的高龄在澳大利亚与世长辞，今年是他逝世十周年，谨以此文作为对沈家立医生由衷的感谢和对父亲深深的怀念。

医患联手斗病魔

赵希鸿

当下,医患关系似乎十分紧张,病患家属对医生的不信任事例不胜枚举,患者家属伤医至死的悲剧也时有发生,这种极不正常的现象令人不免扼腕叹息。

我自己是一名医生,也曾经是一名病患的家属,我深知医务工作者的艰辛与责任,同时也体验了病患家属不一般的焦虑心境。我想用一段自己亲身的经历来说明一个事实,只要医患双方能换位思考并相互尊重,那最终的结果一定是十分圆满的。

时间回到十三年前的 2003 年 6 月 25 日,那一天对多数人来说是个再平凡不过的日子,但对于我,却是此生最紧张、最焦急、最揪心的一天。下午 1 点,从丈夫章沛霖(上海第二医学院 70 届校友)被推进手术室的那一刻起,之后的每分每秒我便如坐针毡,忍受着百般煎熬,因为这次手术是肝肾联合移植术,其中肾是在髂窝里再加一个,而肝则是原位移植,

赵希鸿在瑞金医院见习时留影(1965 年)

术中要经历一段时间的无肝期,因此存在着一定的危险。

这次手术的主刀是上海市第一人民医院肝移植中心的彭志海教授。当晚 12 点,手术结束,彭教授走出了手术室,将我叫到办公室并告知了整个手术的复杂性。由于章沛霆的门静脉与供体不匹配,两者居然相差 10 毫米! 按常规方法两者无法准确缝合。幸亏彭教授经验丰富,处惊不乱,他随机应变地把章沛霆的胰腺往上翻,并把门静脉一节一节地往上剪,直到自体与供体的门静脉相匹配,才进行了端端吻合。彭教授还告诉我,尽管手术目前已经成功,倘若术后 3 周内出现门静脉堵塞,患者也随时有可能猝死。听了这话,我刚刚松弛的心又情不自禁地绷紧起来。经过了术前的思想斗争,术中的焦急等待,此时我努力安慰自己,让自己的心情平复,并祈祷着章沛霆能顺利渡过难关。

多年来,"术前给医生送红包"似乎已成为部分患者家属的"必选题"和"心理安慰剂"。我没有例外,而部分医生也将收受红包视为平常事。但彭志海教授却是个例外。我要告诉大家一个感人的小故事,手术前我准备了一个 3000 元的红包,当我走进彭教授的办公室刚把手放到包上,准备拉拉链的一刹那,彭教授立即有力地摁住了我的手并非常严肃地说:赵老师请你别为难我,我从来不收红包,请你马上放好。那时那刻,我极为感动,说不出话来。事后我知道了,彭教授从不收受任何病人的红包。他这种高尚的医德、高超的医术,尤为值得我们医务人员学习和患者及家属敬重的。

此次手术为章沛霆健康状况的旧问题画上了休止符,但新的困难与挑战却接踵而至。术后三天,章沛霆还在 ICU 重症监护病房里,意识仍然不清醒,无法自行进食。为了控制严重感染与预防排异现象的出现,除了配合医生的治疗,我作为一名营养专业的医生,就建议在给他使用肠外营养的基础上,同时给予肠内营养支持,并且还提出了具体的治疗方案,而后,营养支持疗法又迅速由肠外过渡到了全部用肠内营养支持。

两天后章沛霆醒了，能自己吃东西了。随后，值得庆幸的是，他终于躲过了门静脉堵塞这个关口。令人唯一感到遗憾的是，当时术后依然有10厘米的伤口未能一期愈合，因此我需无时无刻地不关注着，每天给予一定的营养支持。在医护人员和我们全家的合作照料下，他的伤口也由10厘米愈合到了5厘米，并从上海市第一人民医院转至长宁区社区卫生服务中心。在疗养观察了四周后，他也终于如愿以偿出院回到了家中。从入院至出院，他能够良好恢复就是对我们夜以继日努力最大的馈赠。

如今，距离那次手术已过去了13年，除服抗排异造成的肾功能有些异常外，章沛霆的肝功能及其他指标都在正常范围内。现在，轮椅已成为章沛霆日用必需品，他的生活起居也需要别人服侍照料，但每每一家人共聚一堂时，心中的幸福便慢慢扩散开来。即使是为了琐事的唠叨，也成为老来相伴的调味品。此刻，家庭的完整更显得弥足珍贵。

随着生活的延续，再回首往事，欣慰与感动时时伴随着我。欣慰的是，章沛霆拥有克服苦痛的坚毅与战胜病难的勇气；欣慰的是，自己能够坚守在他的身边不曾动摇；最为感动的是，医院和彭教授团队为这

赵希鸿与术后康复中的丈夫章沛霆（70届校友）（2016年）

位病人竭尽全力以及对他的悉心关照⋯⋯这是一段美好的医患关系，我们携手跨过了诸多坎坷。我们互相信任，彼此存有默契。我们之间没有红包、利益作为关系的纽带，我们之间没有隐瞒欺骗与猜忌怀疑，和谐紧密的医患关系使得病魔在我们面前懦弱退缩。

近期播放过的一部《急症室故事》的纪录片，描述发生在医生与病患

之间的甜酸苦辣千般味。在生老病死面前,人生百态尽现,或悲痛,或暴怒,或歇斯底里,或许这些本应归咎于命运的苛责,全由医护工作者扛下并承受着。对于每天奋战在第一线且无私的医护工作者们,作为病患或病患家属的我们,应该多一些感激与理解,多一分谅解与宽容。而医护工作者们,作为维护医患平衡关系的另一端,在辛勤工作的同时,不能忘记与病患家属适时沟通,更不能存有私心与功利,保有和保持作为一名医生应有的人格品质与道德底线。

当今,医疗难题不断被攻克,医疗奇迹也不断在上演。但这些年,病患家属伤医事件却屡见报端,由此社会上不少人群对医患关系的走向忧心忡忡。医患双方本该是同一战壕的合作者,却遗憾地成为矛盾的对立者。当然其中的原因是多方面的,不是你我三言两语能够解析透彻的。但无论如何,作为一名病患家属,我仍然对医护工作者们充满信任、充满敬意并保持着期待;作为一名医生,我仍然对医疗事业保持高度的热诚、对病人保持一以贯之的爱心,对医患关系依然心怀憧憬……

我想,只要我们国家有关医疗改革的制度更科学合理一些,我们医患双方能够换位思考,相信我们的明天一定会更好!

赵希鸿与丈夫在西安疗养时的合影(1993年)

冬天里的阳光

——追忆在市北中学获得的"爱"

蔡 端

就像今天一样——我们上海二医 69 届同学在毕业 50 周年来临前,大家商议着写一点东西,回忆我们的当年,谈谈我们的生活。十多年前,我高中毕业 50 周年时,班里的同学也曾写过一些文章,出了一本回忆录。我也曾拖拖拉拉、勉勉强强地涂了一篇不太像样的东西,现在看来,这篇东西写的是我学医前的一段重要"前奏",算是进医学院前的"学龄前"生活吧!我愿拿出来呈给我的医学同道看看,我们是不是有类似的"学龄前"的经历——

高中毕业 50 周年,同学们商议着要写一本回忆录,谈谈我们当年在市北中学的学习、生活和友谊,不为出版,只为在同学间传阅,藉以抒发我们的思念和对母校的感恩之情,我举双手赞同。及至动笔,则思绪纷乱,无从下笔。几经同窗好友的鼓励和诱导,并且发来许多同学的文章作为参照、启发,这才惴惴地杂乱无章涂鸦一番。今天呈上的这篇回忆实在是难产之作,与其说是回忆,还不如说是东拉西扯的闲聊。

这篇东西之所以难产,主要是我的怠惰,一拖再拖,直到火烧眉毛;其次,也因为近年本人学习不够,以至越来越不善为文,除了写一点专业的东西以外,很少涉足于其他领域,手懒嘴懒脑也懒了;我很是佩服剑雄兄(我同班同学葛剑雄,著名的"葛大炮",全国政协常委)的勇敢,作为文科博士、历史学家和社会公众人物,雄才大略,为民请命,大声疾呼,宏论多多;我则不然,头脑简单得多,我以为医生治好病人就是为社会提供正能量,所以脑子里装的除了病人的苦脸,就是药和手术刀。近年来医生不好当,电视里有一挡非常受欢迎的节目叫"大声说",现在的医生们,很少"大声说",常是悄悄地"小声说",甚或不说而"腹诽",我反对腹诽和喊喊喳喳地"小声说",偶尔也作几声"大声疾呼",但也无用。所以作为医生的我,已少了许多中学时的意气奋发、挥斥方遒的勇气和雄心,一平兄曾说我当年写作文有一股"势",我想大概是指作文常常会透出的青年人的"霸气""雄心"和"傲气",还会偶尔露出青涩的"装腔作势"。而今我等垂垂老矣,学会了心平气和与面露笑容,有点"慈祥"或"老奸巨猾"的样子;同学相聚每每感叹青春不再! 所以写东西就缺点儿"势"了!

其实,怕写回忆录还有一个原因,恐怕也是个很重要的原因——"怕冷",不大愿意回忆冬天里的事情,用医学术语讲是"心理因素"。中国20世纪60年代,大抵是在冬天里过的。其实从1957年反右以后,冬天就逼近了,及至1965、1966年寒冬降临,一直要到粉碎"四人帮",邓小平主政,党的十一届三中全会召开,中国才迎回了春天,前后将近20余年。平时,我最不愿回忆的就是这20年冬天里的事情,因为我们的高中、大学生活都是在冬天里度过的。前不久,复旦大学上海医学院团委和学生会要我给90后的学生做一个讲座,讲一讲"我的医路历程"。同时讲课的还有另外两位老师,一位30岁,一位50岁,我代表70岁年龄段的医生。我自选的讲题是"我走过的冬天、春天和夏天",副标题是"1963—2013我的五十年学医之路"。我指的冬天,就是"十年动乱"中医学生、医生和民众的苦难。我们所经历的初中、高中生活是在1957年至1963年,是共和国经历"反右派、反右倾、大跃进和三年自然灾害"前后的一个历史阶段,我们看到的有"除四害、抓麻雀、大炼钢铁、全民打右派、人民公社吃饭不要钱,放卫星亩产一万斤",等等,可谓"热火朝天、轰轰烈烈和锣鼓喧天"，但共和国和我们确实是在冬天里。当然，这些话题最好留给历史学家去研究，留给历史和后人去评说。但是，回忆我们的高中生活，确实离不开回忆冬天的寒冷，这是一件痛苦的事。有研究认为，当医生的人，常会坠入忧郁，因为医生接触社会的阴暗面太多，所以最后不是自己疯了，就是改行当作家或政治家（如：鲁迅、契科夫和孙中山先生等）。如果不想改行，也不想发疯，心理学教我们两个办法，一个是回避——"不想"，或"正向自我暗示"，就是无数次地对自己说"今后一定会好的"，说了一千次、一万次以后，自己就会相信"今后一定会好的"；还有一个办法是想想"冬天里的阳光"，当然，冬天里也有阳光，也有一片片、一丝丝、一阵阵的温暖。我的"市北回忆"由此开始，不谈缺吃少喝，不谈灾难痛苦，不谈教训和经验，这等大事不是写这些回忆的目的，这里只谈市北中学的阳光和快乐，让我们再一次沐浴在幸福和友爱中！

确实在市北中学上高中，在我的生命里经受了许多温暖和快乐，接受了最好的教育和文化熏陶。由此我把这篇短文命名为："冬天里的阳光"。此解！

学风、校风和师长

1960 年我入市北中学，高一（5）班。这是个优秀学校中的优秀班级，用现在的话讲叫"重点中学尖子班"。我初中上的是新中中学，也是个好学校，但在大多数人心目中市北中学更好一些。沈为平兄（我的同班学友，曾任上海交通大学副校长）说得好，市北中学是个自由的学校，学生在里面可以自由地思考、自由地学习和争论，可以有自己的看法、想法和一定的做法。我非常同意。市北中学之好，首先在于校风好、学风好，提倡学生德智体全面发展。学生可以自由飞翔，但也有一定的规矩。我借用体育比赛的一句话，学生在学习上，"规定动作要规范，自选动作有创新"。"市北"的好校风，来自于传统，也来自于师长的身教。校长马作云老师是教外语的,他提倡"学校里要有朗朗的读书声",我们经常看到他一早就在操场旁小花坛边上大声朗读英语。我们很是敬佩,我那时就常效仿他一早到校参加早自修,养成了大声朗读的习惯,这种习惯一直保持到大学,一直保持到现在,我也用此法教育我的孩子和学生——"读书要读,由眼入口,由口入耳,由耳入心,牢牢记住",照此而行,颇有成效。

我们的班主任瞿老师,出身名门,书香门第,她爱学生如己出,不光管我们的学习和生活,还特别重视礼仪教育。有一件小事,令我记忆尤深,难以忘怀。那是初入学的第一天,我在操场边偶遇瞿老师,那时我还不认识她,也不知道她是我们的班主任,我恭恭敬敬地向她行了个鞠躬礼,她大加赞赏,当场表扬,还问我叫什么名字、是哪个班级的,当她知道我是高一(5)班的,更加高兴了,直夸我是好学生,有礼貌、有良好的家教,令我深深感动,从此"知礼"的意识深入心间,此后瞿老师也常与我们讨论礼仪的内涵。后来,我看到梁启超的文章谈到"少年知礼则国家兴旺",始体会瞿老师的"知礼教育"意义何等深重,从此我见到她更加规规矩矩、礼貌有加。如今,我也算是一个教师了,我也把"知礼教育"列为一项重要的教学内容。

"市北"的老师对"良知教育"和"善"的教育也非常重视,校党支部书记李利老师,个子高高的,人很漂亮,尤其是作报告时,一口标准的普通话和甜美的略带金属声的嗓音,令我钦佩又羡慕,听她的报告简直是无上的艺术享受。但我这里要讲的不是李老师外表的美丽,而是她和她全家作为党的干部内心的美,是展示在我们青年学生面前的内在力量和人格魅力。那时国家正处于困难时期,物质严重匮乏,正值长身体时期的中学生,饿得受不了,特别是一些家庭经济较困难的同学,缺衣少食时有发生。李利老师的家是高干家庭,李老师又是党支部书记,他们全家与党和国家共患难,尽管家中孩子较多,但还是不声不响地把家里的粮票、布票还有钱挤出一部分资助困难的同学,这些"善的教育""良知教育",

这种与党和国家共患难、共进退的"忠诚度教育",对我们青年学生是活生生的教案,比任何语言都有力。这也是她的家风,"文化革命"期间,她一家包括她的孩子们都受到不公正的对待,但全家始终讲真话、做正事、刚正不阿,为我们青年人做出榜样。这些事在她女儿蓝云的文章中写了很多。老师们用自身的行为,告诉我们怎样做人、做一个怎样的人。

"市北"的好老师真多,高一时教我们英语的赵汉文老师,个子不高,一脸的孩子气,声音有点嘶哑,上起课来特别卖力。课后还教我们唱英语歌,《桑塔露琪亚》《小星星》《雪绒花》……圣诞节鼓励大家排英语剧,把一门课教得生动有趣,我们都很爱这位大姐姐老师。只是多年后,我已进医学院读书了,听说赵老师得了胰腺癌,全身黄疸,我难过得直流泪。生物学老师咬着牙齿把"细胞"说成"sibao",我们顽皮地在背后叫他"sibao"老师,这位"sibao"老师组织了生物学兴趣小组,我积极参加,他带我们干什么? 养小球藻! 用淘米水和人的尿液来养,用前者养的小球藻可供人食用,用尿液养的是喂猪的。当时大操场周围放的一个个缸呀、盆呀里面都是绿盈盈的小球藻。说来也真巧,半年后,我生了一场大病,为了补充营养,医生开出的处方:①小球藻,每天三次,每次小半瓶(约100 ml)口服;②花生米,每天三次,每次5粒。国家困难到如此程度! 用小球藻和花生米代替营养药,而且必须由医生开处方才能购买;但是我很高兴,因为小球藻我可以在家自己养,花生米平时吃不到,我可以天天吃,馋得弟弟妹妹直围着我转。

教我们数学、物理的老师也都是非常有经验的老师。班主任瞿老师教化学,是我最愿意上的课,所以成绩也好,这种良好状态一直维持到大学,维持到今天! 教我们的老师还有不少高级教师,书教得好,人品也好。还有一位令我难忘的、亦师亦友的音乐老师陈瑞琛先生,他是上海教师合唱团的男中音,做我们学生艺术团的辅导老师,十分敬业,认认真真做着孩子头的事,成绩卓著。我们每次出去比赛,都会捧回高级别的奖项,而奇怪的却是,陈老师的老胃病常常会在为我们感到高兴时发作。

友爱、友情和玩伴

我们5班的学生,个个聪明,个个能干,也个个调皮。学习成绩大多较好,但性格各异,爱好不同。学闻兄可真是个大才子,眯着近视眼,但观察力极强,是天赋、还是听语文老师的话学的? 抑或两者兼皆有之。为平兄爱画飞机;程元友多才多艺,爱摆弄个小机器什么的;葛剑雄爱在课间摇头晃脑读《资治通鉴》,常令我敬佩不已;顾嘉华是我们班的美男子,大眼睛、国字脸,他常带着我在校园里教我骑自行车,可是我太笨,一直到毕业也没有学会;郭大同爱吹笛子,每天在中楼的走廊尽头吹"京调",不管刮风下雨、天暑天寒,一有空就吹,一下课就吹,我们听得都能背出来了。郭大同的笛声成了市北中学一道靓丽的风景线,如果哪天走进学校听不到笛声,我们都会认为:一定是郭大同生病了! 终于郭兄的苦练有了收获,毕业后他成了新疆著名的演奏家! 经一平与我同桌,我俩很是要好,他胖我瘦两个近视眼坐在第一排,上课悄悄话说不完;好像后面还有一个近视眼,是乔学闻,是个好学生,他上课不大讲闲话。无论上化学课还是开班会,我和经一平话特别多,常常要给瞿老师不点名地批评,我还清楚地记得,瞿老师两手撑在讲台边,踮起脚尖,转过头来瞪大眼睛看着我们俩说:"同学们,马上要考试了,学习很重要,大家上课注意力要集中噢!"语气很缓和也不点我们名,好像是对全班说的,其实是指我俩,我们马上闭紧嘴巴。一平兄聪明,又很忠厚,常常帮助我,他戴眼镜,我不戴,所以我常常看不清黑板上的字,不时要凑过头去抄他的笔记,他也大度,放开左臂让我看清楚(但考试时从不给我看!)。一平兄为人热情,集体的事他总是主动伸手或跑腿,这个脾气至今未变;福林兄为人忠厚,看着你傻傻地笑,笑起来甜甜的,我有困难最爱找他。

我在高中时特别贪玩,尤其爱参加各种文艺活动和社团活动,还当过一阵子学生会文艺部部长和话剧队队长,所以常常"野"到班级外面去。那时演过一个话剧,还蛮有名,叫《英雄小八路》,说的是五六十年代台海炮战的事——福建前线的孩子们如何协助解放军打仗、如何手拉手把被国民党炮弹炸断的电话线用身体连起来、如何抓美蒋特务,等等;当然也描述了特务是如何狡猾、国民党军队如何可恶,炸死了可爱的小女孩等。我演的是男一号叫"国坚",是个孩子头,演女一号的是 3 班的刘鹭(后来她当了中学语文教师,还辅导过我儿子;而她的儿子在我科里,是个出色的外科医生,现已是教授了)。当年市北中学的这些课外活动、兴趣小组,给了我们快乐,给了我们许多教科书上学不到的东西,为我们以后的发展提供了重要基础。

生病的快乐

我在高一下半学期(1961 年的上半年)生了一场大病。一学期应该是 18 周,我在医院和家里治病、养病 10 周,吃药、打针、花钱不算,还差一点休学离开 5 班。因为按规定,请病假超过学期的三分之一就应该休学,但我还是赶上了学业,没有"留一级"。都说这是幸运,其实我心知肚明,这个"幸运"来自集体的帮助——老师的辅导、同学的帮助,当然我自己的努力和父母的支持也十分重要。

一般说来,大家都把生病当作痛苦的事,其实换一种思路,生病也有快乐的地方。譬如:额外地体会和感受亲情和友爱;享受战胜疾病的成就感和增加对生命的敬畏,等等。当然最好不生病,希望自己或别人生病来感受这种"快乐"的人是疯子,要遭天打的!但人终会生病,生了病,特别是重病,如果只会痛哭、沮丧,又有什么用呢?除了加重病情一无益处。所以在生病时要积极对待,要去寻找和感受快乐!我在高一经历的这场大病,确实让我感受到了父母、祖父、外婆、弟妹及全家人亲情的伟大!老师们师恩的伟大!同学们友情的伟大!除了我们班的同学,还有其他各年级的同学：学生会的、文工团的、话剧队的。同学们不光给我带来安慰，也带来了切实的帮助。曹宗义兄的家离我家最近，凡是学校或班里有什么事，或我有什么困难，有学习上不懂的问题，大多由曹兄代劳，我至今记得，他匆匆来匆匆去的身影，在楼梯口一闪，他来了，急急地把事情一讲，或是回答了我的问题（解惑是也！），一转身，在楼梯口一闪，他又去了，煞是辛苦！福林兄是团干部，常常与我联系，对我关心有加，我的脾气不好，有点任性，他常提醒引导，在我因生病而情绪低落时亦常安慰。老师们对我的学习也关心备至，在我生病期间，几乎所有教过我的老师都帮我补过课。那时不像现在，不兴交补课费，给我补课全是义务的，就像现在的"爱心班"。

　　终于，我在大家的关心、爱护和帮助下顺利地参加并通过了期末考试——除了物理得分不理想，而且缺少平时成绩，要补考外，其他各门学科都通过了，而且语文、化学和英语都是 5 分。不过，语文老师告诉我："尽管考试成绩是 5 分，但缺少平时成绩，所以在开学前，还要参加一次考试，评定一下语文基础知识"。确实，"市北"的教学严谨，对学生的要求十分严格，丝毫不马虎！但"市北"的教学充满人情味，对每一个学生都倾泻着爱的阳光和雨露！我觉得，"市北"的教育真正体现了"一个都不能少"的博爱精神！我在生病中感受了大爱、享受了幸福——在 5 班生病，痛苦也是快乐的！

　　岁月荏苒，离开市北中学已有 54 年，但在那里获得老师和同学的"爱"永远不会忘却，并引领自己在大学期间乃至而后的几十年行医、从教的生涯中，对同学、对病人、对学生自始至终奉行与人为善、助人为乐；行医守德、从教施爱……

绘出人生的精彩

——述说我爱画的心路历程

张真理

命运真会捉弄人。从支边、厂医到援非,直至20世纪90年代下岗,人生经历不可谓不丰富,退休以后人一下子变得空闲了,癌症却不期而遇。绘画成了我生命中不可或缺的朋友。看着画卷心情尤为舒畅,没有金银财宝留给自己的儿女,就让自己的画作陪伴他们,告诉他们生命的意义,人活着要有精气神,要有理想和梦想,并为之不懈努力与奋斗。

学画和参展

张真理

2009年9月,每天与我形影相随的孙儿进幼儿园了,原本为他忙这忙那的我似乎一下子变得空闲了。考虑如何让生活过得更加充实并有意义。我选择了学习十字绣制作。没多久,我完成了几幅漂亮的作品,朋友对我的作品赞不绝口,自己心中也不免荡漾起欢快的涟漪。

过了一个阶段,我感到十字绣制作只是一种被动的手工制作,过于单调,自己还是更钟情于绘画的创作。于是,买了有关花鸟、山水画创作的VCD教学片,开始自学。

我先从画牡丹开始，并潜心研究一笔下去，如何能让花瓣有颜色深浅变化。经过反复试笔，逐渐掌握了运笔调色步骤，于是就试着在宣纸上画牡丹，为了有真实感，在牡丹盛开的 4 月里，我与老伴一起专程去公园悉心观察，足迹遍及上海植物园、顾村公园、辰山植物园、古漪园等各大公园。我观察探究枝条的长相，花叶的特征，花苞及盛开、半开时的花朵形态，并拍摄大量的图片，回到家就动手临摹。老爱人成了第一位观画者与评论者，我要求他与实样比较，发表评论，但必须坦率直言，不能用溢美之词。同时，我对自己也十分挑剔，在学习中创作、在创作中学习，并刻意追求创作的意境。随着时间的推移，自己对作品逐渐满意了，心中有一种说不出的愉悦。

记得第一幅牡丹裱轴是作为结婚贺礼带去英国，当时得到了不少朋友尤其是英国朋友的赞美，这对我的鼓励很大——"画能带给别人快乐"。大约过了两年，我的作品似乎在亲朋好友中有点小名声，他们纷纷索要，我也十分乐意。粗略计算一下，近年来，送出的作品已有上百幅。当然绘画、赠画不仅耗费我大量时间与精力，裱画的费用也挺昂贵，我与老伴月收入不多，这对我们来说也是一笔不小的支出，后来，我改画扇面赠送好友，女士送团扇，男士送折扇。

随着社区文艺活动的蓬勃开展，我所在的社区居委会主任找上我，希望在小区内成立书画兴趣小组，于是，我就组织爱好书法与绘画的邻居，建立了一个"快乐老年书画班"。书画班每周开展一次活动，大家座谈交流写写画画的心得。为配合居委会"争创文明小区"活动，我们举办了多次画展并迎接上级的评比。我的《峡江烟云》画轴获得杨浦区书画比赛二等奖。《春意盎然》在社区展出后，又获得上海市"东方杯"双拥书画摄影展优秀奖，并入选《上海市东方杯双拥书画摄影集》。我的作品还荣幸地在《纪念毛泽东同志诞辰 120 周年共和国将军书画展》中展出。

走出家门参与社会活动，提升了我在小区的知名度，并获得大众的广泛点赞。我的爱好不仅有益个人修身养性，还有益于社会，因此更坚定我"要画下去"的决心。而后，我不再满足画花鸟，还爱上画山水。

一次从收集资料册里翻出一张 10 多年前《文汇报》第 271 期刊登的《三峡史诗》长轴，我像入了迷似的，认真阅读全文，原来这幅 60 多米长的巨幅通景画是由九位全国闻名的大家共同创作的，他们以传统笔墨画描绘了壮美的三峡之魂。

滔滔长江发源于青藏冰川、万瀑悬空，蜿蜒数千里冲向夔门，流经巫峡，进入西陵峡。毛泽东曾题"高峡出平湖"。我对变幻多姿、最富有史诗韵味的三峡万分景仰。2011 年初，我激情迸发，开始以平实之笔，临摹翻拍的《三峡史诗》样本（3 厘米×73 厘米）并仔细将它划分为十等分，用放大镜读懂每一段画面，再按比例放大 10 倍，准备一段段画。

哪知天有不测风云，就在着手起笔开画之际，我突感身体不适，经医院诊断是患了乳腺癌。那天躺在床上，想得很多，辗转反侧、夜不能寐，默默回顾了自己一路走来的人生足迹。

担任厂医

青少年时期，我家境虽清贫、但不缺衣少食，全家六口，其乐融融。为照顾患晚期癌症的母亲，我在高三那年休学尽孝，照顾母亲。同时也为了让母亲安心升天，遵从母亲的心愿，同意与青梅竹马的胡常君登记结婚，那时我才满 20 岁。母亲过世后，我就挑起照顾弟妹的家庭担子，那是一段无奈的岁月。

1963 年，在丈夫的鼓励下，我考进了"二医"，并与他约法三章，彼此以兄妹相待，坚持到大学毕业前才正式结合。

由于"文革"的原因，我们 69 届校友延迟一年"被毕业"。1970 年 8 月，我接到《通知书》去遥远的贵州清镇县人民医院工作，那时我们常常被灌输"六个农民才养活一个大学生"的理念,若不服从分配就是可耻的逃兵。于是,我只能告别家人,忍痛割爱,离开出生才 8 个月的女儿,与丈夫天各一方,奔赴贵州。

1973 年,我从贵州调到宁波师范专科学校医务科工作,因有寒暑假期,可以回上海探亲。为解寂寞,1974 年 5 月我又生了儿子。为了争取日后的团聚,当初不敢将儿子的户口落在宁波农村。但随之而来问题就是:没有户口,就意味着没有口粮,那可是计划经济时代呀。因此在宁波,我一人的定量咱们母子两人吃,计划不够就买高价粮票过日子。直到 1980 年,6 岁的儿子才结束"袋袋户口",报上了宁波市户口。

我朝思暮想,回故乡上海工作。1981 年,终于梦想成真,我被调回上海,进入了大型国有企业——上海国棉 31 厂,在那家万人厂的卫生科担任厂医。

重回故乡,我工作热情特别高涨,刻苦钻研医术,从基层当运转班医生开始,早中夜三班倒,尽心尽职为员工的健康保驾护航。我的工作得到了领导与同事们的好评,由此被提升为总务科副科长、卫生科科长。而后,我又根据职工的需要,先后开设了内、外、妇、儿、口腔科等科室,同时在硬件上也配备了大型医疗设备,并相应扩展了化验室、B 超室、X 光室。

扩建后的卫生科医护人员不够,就提请厂领导从车间里选拔曾当过农场卫生员的优秀工人加入,并送他们去上级医院进修培训。还请上级医院有资质的高级医师下基层授课,提高大家的医疗诊治专业水平。工厂员工除了疑难杂症转诊去外院,一般疾病、慢性病患者均由我们卫生科诊治,这样既方便职工就医、又为工厂节约了大量的经费开支。为此,我多次被上海市纺织局评为"优秀医务工作者"。

援非保健医生

1989年,我受上海纺织局指派,去非洲最贫穷的莫桑比克工作两年,担任国家纺织部援非经济建设专家组的保健医生,主要负责专家的防病防疫工作以及食品卫生安全工作。专家组共有六人,其中一位是北京来的女翻译员,其余均为男性。

非洲天气炎热,环境卫生差。在那里,我们既要防治疟疾又要保障日常生活必需品的正常供应,艰苦的生活一言难尽。荤菜来自国内货运,有肉、鱼罐头制品,但蔬菜需自己解决。由于外出购买十分不便,我们就在院子里开辟了一片菜园子,自己种菜,品种多样。经过忙里偷闲的辛勤劳作,没多久,收获还真不小,眼前一片郁郁葱葱,有苋菜、韭菜、鸡毛菜和空心菜。最让人高兴的是,每天可以从藤上采摘下鲜嫩的丝瓜,做鸡蛋汤或炒着吃,十分可口,倍受大家欢迎。还记得有一次刮大风,园内一棵老木瓜树被刮倒,我们摘下许多成熟的木瓜,不亦乐乎,并将未成熟的青木瓜洗净去皮切条,腌制起来当酱菜吃。

在莫桑比克楠普拉市工作期间,断水也是常有的事,由此给我们造成了很大的麻烦。我们不仅生活上需要水,种的菜地也需浇灌。一旦停水,我们就全体出动,开车行驶了上百公里路,去很远的水库取水。高温酷暑,我们隔三岔五,头顶烈日,尽管全身大汗淋漓,皮肤也被晒得黝黑,但取到了宝贵的清水,大家愉悦的心情溢于言表。不仅暂时缓解生活用水问题,菜园里那些几近枯死的菜苗也得以恢复生机。数天后,看到经过浇灌的蔬菜,一扫萎靡之态,我们来回奔波取水的疲劳早已烟消云散。

值得一提是,在国外理个发花费很大。于是我就自告奋勇学理发,为同事们服务。我自小当家,长期以来,养成了一种不怕苦、不怕累、不怕难的不屈不挠的性格,日常生活中碰到疑难问题我都会想方设法解决,因此生活中几乎没有什么事情可以难倒我,以至上大学时我被同学们称为"生活顾问"。

起先我的手艺不怎么样,理的发型被一些男同志笑称为"马桶头"。经过悉心研究,我改进了剃刀的握法与推进的速度,没多久,手艺大有长进,赢得了专家组所有男同志的信任。休息天他们会一个接一个地排着队,等着我为他们理发。大家十分满意我的手艺,并称我为"免费高级理发师"。面对同事们的夸奖,我似乎很有成就感。

为专家组同志们提供医疗保健服务是我的职责,但与此同时,我还做了大量的分外活:为附近的黑人朋友诊治腹泻等常见疾病。

这些黑人朋友虽生活贫穷但心地善良、品行质朴,我们之间建立了深厚的友谊。他们牢记我们给予的医疗上的帮助,因此常常想着要回报我们。一次我发现宿舍墙上爬满了白蚁,害怕极了。一位名叫日若哇里的黑人保安急忙设法帮我清理干净,从而及时解决了我的困境。平日里,日若哇里还经常帮我们打扫院子,为此我经常留他吃饭,然而好多次他舍不得吃,带回家给孩子享用。尽管他们的物质资源十分匮乏,但他们的精神世界似乎很富有,日若哇里与太太两人非常乐观,哪怕经常食不果腹,但他们依然会在明朗的月光下,赤着双脚,在我们院子的沙土上翩翩起舞,这幅动人的场景如今依然清晰地在我的脑海里浮现。

在我们工作期满离开楠普拉市时,日若哇里送了我一些彩色的小石头,原来这是他在山里挖出来的宝石原坯,他的真诚让我难以拒绝。临行前,我将自己的衣物、鞋子都留给他们。回国后,我常常翻看我们在非洲的合影,时时回想起那段既艰苦、又有趣,且有意义的经历。但十分遗憾的是,回国后不久,传来了日若哇里去世的消息,令我唏嘘不已,心中不免为这位善良朴实的黑人兄弟祈祷默哀。

下　岗

1991年从莫桑比克回国,国内正进行经济建设大调整,整个纺织业面临减员、兼并、停产的大变革,一时间部分群众思想跟不上形势发展的步伐。有关方面推出了企业减员的政策,在那个大动荡阶段,"一刀切"让员工回家待业,谁也想不通,尤其是40多岁的人,上有老,下有小,怎么减?那真是件最头痛的事。

我们卫生科也不例外,当时共有70多名员工,第一批要先减去2/3,同时,按照厂领导的部署,卫生科的规模必须压缩,从厂内一幢大房子搬迁到厂外几间小房子,由此一些大型医疗设备被厂部变卖掉。当时我也只能服从安排,负责安置下岗的卫生人员。那时我属于在职员工中年龄最长的一批人员之一,我向厂长提出先减我吧,因为我不忍心去减其他员工。要知道,那年我的连续工龄为28.5年(工龄未达到30年回家,退休养老金就会蒙受不小的损失)。

企业倒闭,导致我花费精力全身心投入的卫生科顷刻间土崩瓦解、灰飞烟灭。我心痛极了,欲哭无泪。那是我事业奋斗取得些许成绩,但最终令我最伤心的一段岁月。

临摹名画

命运虽然给我开起了玩笑,但我必须面对现状,于是我的思绪又回到了现实。

2011年12月,我接受了手术和化疗等治疗,在一个时间阶段内,我每天只能躺在床上,疾病摧残了我的身体,白细胞计数竟然降到了1 000左右,头发大把大把地掉,我几乎成了"光头",此外还整天恶心、呕吐、乏力。医生叮嘱我需要进行6次化疗,我实在受不了这种折磨煎熬,做了4次后就拒绝继续化疗。我在内心发誓:再也不能让身心受到摧残。我想:人各有天命,我的寿数就让老天定夺吧。

重病缠身的我,身体极度虚弱,我每天只能躺在床上,度日如年。但我不甘心呀,我有自己的梦想与爱好,一定要在有生之年,完成朝思暮想的《三峡史诗》通景图。

《三峡史诗》（局部）（张真理于 2012 年临摹）

一种无形的力量在支撑着我，那些日子，只要能站起来、坐起来，我就离开病床，坐在写字台前，反复看样品，严格按比例动笔。在画第一段时，累了就躺一会，老伴帮我煎药，常催我喝了药再画。就这样画画停停、停停画画，坚持应用勾勒擦染点技法，专心作画，经过 2 个多月的勤奋努力，完成了 10 段画，再连接一起复染一遍。

2012 年 6 月，大功告成，我终于完成了共 8 米长的《三峡史诗》通景画。经过装裱，成为一幅精美且气势磅礴的长卷。

看看画卷，心情尤为舒坦，我没有金银财宝留给儿女，就让这幅自己与癌症斗争、依靠顽强的毅力和不懈努力完成的《三峡史诗》留给子孙，同时也要让他们明白生命的意义：人活着要有精气神，要有理想和梦想，并为之不懈努力与奋斗。

命运真会捉弄我，2013 年 5 月我登高擦窗，一不留神从高处跌下，医院诊断右脚跟骨粉碎性骨折、右踝关节骨折，要手术治疗。我翻看医学专业书籍，并与有经验的骨科大夫朋友商量，大家认为手术上钢板恢复快，但是一年后得再拆钢板，前后治疗费用大约十万元，还有可能会落下跛行的后遗症。其时天气已经转热，我担心术后会感染，同时也害怕二次手术（拆钢板），于是毅然决定接受保守治疗。

儿子请了高明的大夫帮我复位，上石膏固定，半月后再第二次复位上石膏，我听医嘱抬高脚并休息在床。但没耐心坚持卧床三个月，创作国画这个爱好不能放弃!

有一天,打开资料集,我找出刊登在《新闻晨报》纪实版上有关《富春山居图》身世的传奇文章,又见到年历本上展现的画样,我眼睛一亮、心头一热,决心好好研究并临摹,于是而后我又做了创作规划,并做到休而不息。

《富春山居图》是元代著名画家黄公望的代表作,也被称为"中国十大传世名画之一"。画家年高80岁,耗了三年光景才完成这幅旷世杰作。黄公望以长卷的形式描绘了富春江两岸初秋的秀丽景色:峰峦坡石,树木苍苍,疏密有致分布于山间江畔,村落、平坡、亭台、渔舟、小桥等散落其间。他以清润的笔墨、简远的意境,把浩渺连绵的江南山水表现得淋漓尽致,达到了"山川浑厚,草木华滋"的境界。

据史载,该精品流传几百年并几度易手,后被收藏家吴洪裕花千金收藏,其儿子吴问卿在战乱时,唯独携带《富春山居图》和《千字文真迹》逃难,吴洪裕在病死弥留之际,要焚画殉葬,幸亏其侄儿吴子文机智,其侄儿从火中取出投入另一幅画,偷梁换柱救出已被烧成两段的《富春山居图·剩山图卷》和《无用师卷》。若干年后《剩山图卷》被大画家吴湖帆收藏,现由浙江博物馆收藏,而《无用师卷》1949年去了台湾,现被台北故宫博物院收藏。2011年海峡两岸举行《富春山居图·剩山图卷》和《无用师卷》合展时,一幅完整的《富春山居图》画面呈现在观众眼前,经过短暂的合璧相会之后,《剩山图》又返回浙江省博物馆,这稀世珍宝如今又天各一方。

了解了这幅名画曲折离奇的故事后,我下定决心,不怕艰难,选定画此长卷,它实在太有纪念意义了。巨大的工程又要开始,我首先将仅2.5厘米×50厘米的画样划分为十等分,然后一段一段画。耗时3个多月,我终于绘下《富春山居图》长卷,共6米。看着以浙江富春山为背景,用墨淡雅,山和水疏密得当,墨色浓浓、干湿并用的画卷,我有说不出的高兴。

富春山居图（局部）（张真理于 2013 年临摹）

《三峡史诗》与《富春山居图》这两项浩大工程，倾注我大量的精力和汗水心血，是我的最爱，也是我留给儿女俩最好的精神财富。此时此刻，我也必须衷心感谢我的老伴，是他温润如玉的秉性、无微不至的关怀，鼓舞我战胜病魔，并给了我无穷的力量与信心，没有他的理解、支持与关爱，我也难以如愿完成这两项浩大工程的长卷。

其实我对山水画浓厚的兴趣，源自大学毕业被分配到遥远的贵州省清镇县。那里生活工作环境十分艰苦，远离上海、远离亲人，真有孤独难忍之感。为此，一旦有闲，我就去附近的青龙山，爬到山顶遥望四周，释放思乡的情怀。那高低起伏的山峦、曲折蜿蜒的河流，在夕阳的映照下，显得格外层次分明、熠熠生辉。大自然赐予人类的壮美景色，在我的脑海中打下了深深的烙印，于是就萌发了临摹与写生的愿望。

那时候，为了画好山水，我专程去书店选购《教你怎样画国画》系列书籍：其中有山水篇、梅兰竹菊篇、荷花篇等，书本成了我的老师。我根据提示循序渐进，学基本技法，逐渐掌握了勾、皴、擦、染、点等步骤。我很早就喜欢收集书报杂志上的画作并剪辑成册。晚上躺在床上，灯下细看自编画册，那是最舒服、也是最享受的时刻。如今回想起那段时光，真是美妙无比。

风雨共舟

经过人生的几番风雨，我无怨无悔。
有过遗憾，也有过荣耀，这些我都不在乎。
我在乎的是我拥有一个幸福美满的家。
首先说说与我相濡以沫的老伴胡常君。
他是 1952 年离开慈溪老家来上海求学
的，住在远房亲戚家。他的亲戚在我家弄
堂口经营着一家酱油店，胡常君白天求
学，业余时间在店里打工，过着寄人篱下
的日子。他与我哥哥同岁，因此经常上我
家来玩。他勤快和善良的品行得到了邻
居们的交口称赞，我妈也很喜欢他。随着
时间的推移，我与他有了频繁的交流与接

张真理夫妇补拍的结婚照（1965 年）

触，彼此间也逐渐有了好感。母亲看在眼里喜在心里。消息传开之后，
他就成了我家的"准上门女婿"。

1962 年我母亲患了晚期癌症，作为大女儿的我就休学一年，担起照
顾母亲的重任。1963 年 3 月，为了满足母亲临终前的意愿，我与胡常君
有情人终成眷属，登记结婚了。

母亲病故的那年，我父亲到了退休年龄，按理我可以去顶替。但胡
常君知道我有当医生的夙愿，因此鼓励我参加当年的高考。于是，父亲
继续在川沙北蔡纺织建筑公司工作，每周回家一次，而弟妹的学习和生
活就由我俩来照顾了。

天从人愿，最终我跨入了梦寐以求的"上海第二医学院"，实现了从
医的理想。如果当年我去顶替父亲工作，那我的人生轨迹就是另外一个
走向。我庆幸自己的选择，也由衷地感谢夫君的鼓励。

五十多年来，我们恩爱有加、相敬如宾、风雨同舟、齐心协力。

如今，值得庆幸骄傲的是我们有一对争气的儿女，想当年尽管我和先生的工资不高，但培养下一代成材是我们的首要责任。

在我们言传身教下，一对儿女们没有辜负我们的期望，当然其中也包括他们的自身努力。女儿毕业于上海师范大学，如今是一家外企的高管；儿子与我一样，毕业于二医大，并获得硕士学位，如今在上海仁济医院任副教授、副主任医师。儿女们包括媳妇和女婿都十分孝顺。儿子与媳妇为了让我们安享晚年，克服了诸多困难，坚持自己带小孩，让我省心省力，从而腾出时间进行画画创作。

如今我已是74岁高龄，眼睛开始花了，今后或许不可能再连续长时间作画了，尤其是长卷的创作，但我依然感到十分欣慰，我曾用自己的爱好绘就人生的精彩，以自己的秉性诠释人生的价值。我将继续秉持自得其乐、知足常乐、助人为乐、健康快乐的晚年人生准则，真正做到老有所为、老有所乐，用自己的爱好绘就精彩的人生！

如沐春风　温馨一家

——情系二医 69 届校友分会

薛兴邦

　　1963 年是我们 69 届每一个校友终生难忘的一年。是年 8 月,一纸录取通知书,把我们 400 多位素不相识的莘莘学子,从上海市的不同地域召集到上海第二医学院,组成了一个新的集体、新的团队,命名为二医 69 届。从此,我们 400 多位同学就是一个整体,彼此的命运紧紧相连。

　　在新的校园里开始了我们的共同志向——白衣天使的征程。老师们教得认真,同学们学得刻苦。每个人抓紧时间,如饥如渴吸收、积累、夯实医学的基础和临床知识。同时,学校要求每个同学必须德智体全面发展,才能成为合格的毕业生。

　　每年六月的"三夏"和十月的"三秋"是我们铁定的下农村参加社会实践和劳动锻炼的必修课,雷打不动。通过下农村劳动锻炼,亲眼目睹了农村贫穷落后的现状,体会

薛兴邦

到了农耕劳动的艰苦和辛劳,知晓了粮食以及农副产品的来之不易。"谁知盘中餐,粒粒皆辛苦"。是人民养育了我们,他们才是我们的真正的衣食父母。"感恩和反哺"两词深深铭刻在同学们的脑海里。

　　大一、大二暑假,学校组织同学们下连队当兵,与解放军战士同吃、

同住、同操练。部队驻守在浩瀚的东海前线的孤岛上，人迹罕至，生活条件极其艰苦。解放军官兵不分严寒和酷暑，日日夜夜守卫着祖国的东大门，为祖国、为人民的安全默默奉献，献出美好的青春年华，甚至于年轻的生命。这是一堂最生动、最感人的"奉献"教育课。

在同一教室上课，同一食堂就餐，同一宿舍就寝，朝夕相处。由于性格各异、生活习惯不同、处事方式的差异，难免会有磕磕碰碰，难免有不愉快的事情发生，可谓"舌头与牙齿也会打架"。但是随着年龄的增长，岁月的洗礼，经过一段时期的磨合，彼此间消除了隔阂，增进了了解，加深了友情。也使我们这群涉世不深的学子们，悟出了一个道理，要学会宽容和理解。学会与他人友好相处。要能融入到集体中去。树立团队精神，才能更好地发挥个人的智慧和能力。终身受用啊！

众所周知的原因，1966年8月学校开始全面停课，以后便是漫长的等待和盼望。

1970年7月终于盼来了毕业分配的文件。目标大西北大西南，面向农村、面向基层。从此，广袤的内蒙古大草原、陕北宝塔山下的窑洞、宁夏贺兰山下、甘肃嘉峪关边、白雪皑皑的天山南北、空气稀薄的青藏高原、贵州的吊脚楼、四川大凉山的高山峻岭、云南的热带雨林，到处都留下了同学们的足迹和身影。风餐露宿，爬山涉水，春夏秋冬，白天黑夜，我们在难以想象的条件下，忠实履行着悬壶济世的神圣职责。

每一代人有这一代人的经历和使命，这是历史的造化，任何人都无法预测和改变。与其怨天尤人，不如脚踏实地、认认真真地去践行自己的使命和担当。

好在拥有多年德智体全面发展的底气，艰苦的生活环境，简陋的工作条件并未击垮同学们，困难和挫折相反却成就了他们积极向上的品质，大家摸着石头过河，边摸索边实践，在逆境中依然竭尽全力为当地各族同胞服务，并与他们结下了深厚的友谊。几十年来，同学们在平凡岗位上做出了可歌可泣的奉献，甚至创造了当地医疗卫生事业的辉煌。

时光流逝,同学们为人夫,为人妻;为人父,为人母。岁月无情催人老,头发花白了,眼睛老花了,手脚不灵活了,体力不济了。大家都陆陆续续地从岗位上退休了。有了较多的时间和精力来回忆几十年来的学习和工作经历,强烈希望有一个寄托和满足怀旧情感的载体和平台。于是,69届校友分会成立水到渠成。

在年级校友分会成立以前,大班或小班的校友活动已自发进行。在各班校友会的基础上,2001年我们69届的校友分会成立了。第一届校友理事会由尹端六同学任理事长,马君芳老师任顾问。中间由王文卿担任第二、第三和第四届理事长。目前第五届理事会由蔡端任理事长。2007年年级校友会以69届分会身份正式加入上海交通大学医学院校友会,童新辉同学代表69届分会担任医学院校友会理事。十多年来,理事会各位理事无私奉献,热心为广大校友服务,架起了老同学联系和交流的桥梁,做了大量的工作,使我深深感动。现把我所见所闻的几件事汇报于下,其中一定挂一漏万,敬请谅解。

编写校友通信录

年级理事会做的第一件重要事情就是获得尽可能多的老同学的联系方式,但其困难却难以想象。因为30多年前我们告别上海奔向祖国的四面八方,后来由于工作调动、户口迁移、住房调整、考研深造、出国留学、退休移居,很多人已经失去了联系,有些同学已不幸离世。理事会首先到学校的学生处,只得到一张名单和当年分配报到的单位,然后天南地北地给同学发信,但大部分如石沉大海。因为老同学可能离开了该单位,或许有些单位都不存在了。如果同学没有回信,接下来发信到单位的人事科,希望告诉得到该同学去向的消息。出于信息安全考虑,有时人事科不直接告诉我们,而是把我们的要求和联系方式转告那些已经离开单位的同学。部分同学就是通过这种方式与理事会联系上的。理事会还广泛发动群众,号召校友积极想方设法四处联系。大家通过写信、电话、电子信箱等找到不少久无音讯的同学。

　　还有一些热心的同学凭着记忆,找到老同学父母亲的老房子,去打听他们目前的情况和联系方式。如9小班的谭德耀同学就是这样找到的。那年林毅从美国回来,在镇宁路一家饭店请同学聚会。到场的同学毕业后都没有见过谭德耀,就到他学生时代居住的地方去寻访。遇到他的母亲,被告诉当天谭德耀到国际会议中心大厅弹钢琴去了。那么多年过去了,老太太还能认识某些同学,还能回忆起当年她到学校来看望儿子的情景。老人家还兴致勃勃地参加了我们的聚会,会后又领同学们到国际会议中心去。当同学们到达国际会议中心大厅时候,谭德耀正在演奏西洋乐曲。也许是他从余光中的《乡愁》看到了我们,也许他要表达分别30多年的同学久别重逢的情意,乐曲突然转为"黄河大合唱"。那是多么熟悉的曲调啊!我们一下子都回到了学生时代。原来"黄河大合唱"是1964年我们69届同学参加二医文艺汇演的节目,我们都跟着他的演奏节拍齐唱起来。

昔日同学30多年后的久别重逢(2001年)。(从左起)前排:谭德耀母亲、沈以玲、杨樱、林毅;后排:谭德耀、张敏、杨爱伦、卜光炜、屠宁之、蔡端、沈敏

经过大家的努力,二医大 69 届同学通信录终于完成了,收集了 300 多位同学的联系方式,其中有 79 位同学提供了电子信箱。2016 年理事会又组建了"二医 69 同学"微信群,已有 110 位同学入群,进一步方便校友间的交流和联系。

组织庆祝毕业 40 周年联谊活动

2009 年,我们 69 届同学毕业整整 40 年,那是一个值得我们 400 多位校友共同纪念的时间。理事会决定组织联谊活动隆重庆祝,召开了三次理事会议讨论和落实筹备工作的种种事宜,定于 2009 年 10 月 6 日在母校举行,分别于 2009 年 2 月和 9 月两次发出通知。由于准备工作比较充分,会议如期成功举行。

十月是收获的季节,中秋是团圆的日子。10 月 6 日,69 届校友庆祝毕业四十周年联谊会在母校隆重召开。懿德楼敞开了大门,热烈欢迎来自四面八方的昔日学子。上海的同学来了,外地的同学也来了。大西洋彼岸的同学来了,地球村南半边的同学也来了。一位下肢瘫痪、且接受肝肾移植的丈夫由妻子兼同学推着轮椅来了;一位双目失明 20 多年、征服了黑暗并保持着阳光心态的校友在女儿的搀扶下也来了。医学院的领导黄钢副院长、院办主任孔巍和校友会领导来了,昔日的政治指导员马君英、屠宁之、邵根山、陆明四位老师也来了。更让我们激动的是曾经带教过我们的学长、原上海市副市长谢丽娟也到场祝贺。

二楼会议厅里 180 位校友欢声笑语济济一堂。主席台上挂着"庆祝上海二医大六九届校友毕业四十周年大会"的横幅,两边各悬一联,上联:"往昔峥嵘,镌刻温暖记忆";下联:"今日盛会,再话杏林情怀"。

理事会副理事长杜宽航同学主持会议,宣读海外校友徐大中、陆琦和缪锦生的贺电。接着黄钢副院长代表医学院党政班子致贺词。从黄钢放映的一张张幻灯中,我们看到了一幢幢我们熟悉的老建筑,看到了一位位我们敬重的领导和老师,仿佛又回到了四十年前。是啊,我们白衣天使的梦从这里放飞,我们医学生涯的人生轨迹从这里起步。我们由衷地感谢母校当年科学的教学管理和严格的教学要求,为我们打下了扎实的医学基础,成为我们一生享用的业务本钱。黄钢还告诉我们,2009年教育部对全国医药院校进行了评估,我院已列入全国医药院校的第一方阵,其中临床医学位居全国第一。我们为母校取得的成就无比自豪。谢丽娟老校友也上台讲话。她要求我们发挥余热,再创辉煌。还希望大家为母校的进一步发展作出新的贡献。分会理事长王文卿同学汇报了本届理事会的工作,同时重点介绍了《我们走过的路》录像的拍摄过程。

69 届同学 40 周年校友会(2009 年)

出席庆祝活动的全体领导、老师和校友在懿德楼前合影留念。由于历史的原因,当年我们离开母校时并没有经过毕业考试,没有领到毕业证书,也没有拍过毕业照。而这张集体照我们整整等了四十年,圆了我们的梦。

录制视频《我们走过的路》

夕阳无限好,不觉近黄昏。不知不觉中,我们已进入老年人的队伍。我们走过了人生旅途的两个三十年,还有多少人能再走三十年?"我们的人生是一坛酒,无论甜蜜还是苦涩,都回味无穷。我们的人生是一曲歌,无论豪迈还是悲壮,都让人怦然心动。我们的人生是一壶茶,无论摄香还是和泪,都值得去品尝。我们的人生是一首诗,无论绚丽还是苍凉,都是一段刻骨铭心挥之不去的史实"。是啊,我们有必要也有责任要把我们走过的路记录下来。蔡映云同学感慨万千,连忙日夜疾书,撰写剧本,剧名为《我们走过的路》。

2009年2月,校友理事会发出通知向广大同学征集录制《我们走过的路》视频所需的有关资料和实物,如照片、图表、文字记录等。要求用数码相机或摄像机摄下,并通过电子邮箱传输发送。理事会感谢大家对录像工作的关心、支持和帮助,无私地提供了许多宝贵的素材、照片和资料。如有的同学带来了我们1963年到二医报到的录取通知单,也有同学带来了外地步行串联接待站的饭票。有同学不会摄像、不会发电子信,邮寄又怕遗失,理事会同学不辞劳苦派人带上摄像机、扫描仪、笔记本等电脑设备登门采集。

剧本按时间顺序分为五集,分别为《桃李芬芳》(1963年9月—1966年5月)、《风暴雨狂》(1966年6月—1970年7月)、《零落成泥》(1970年8月—1978年10月)、《春风化雨》(1978年11月—退休)和《大美夕阳》(退休以后)。

视频制作首先的工作是录像取材,然后剪辑和配上旁白。2009年4月25日召开第一次同学座谈会,并且现场录制。先后开了6次座谈会,每次大家都积极参加。根据取材要求,理事会组织人力登门采访了盛菊芳、赵希鸿、应酉定和王子美同学。还去湖州市第一人民医院采集当年同学们参加开门办学教育改革的情况。

一套5集200多分钟《我们走过的路》的视频光碟在大家的共同努力下终于完成了,发到了同学们手里。小小光碟给大家带来了浓浓的同学情谊,勾起大家对许多往事的回忆,无论酸甜苦辣,都回味无穷。感谢广大校友对于这项工作的支持,特别要感谢为录像撰稿日夜操劳不幸视网膜脱落的童新辉同学。该视频比较冗长,还有一些内容重复,2017年应广大同学要求,在原来录制材料的基础上,进行适当剪辑,压缩到 1 集共 60 多分钟,并配上沪语旁白,增强了感染力,倍感亲切。精简版编辑韩凯定,制作童新辉和陈诗经,监制蔡映云和蔡端。值得感谢的是陈诗经同学,他在去年修改工作中途接到任务,时值酷暑,不分昼夜连日工作,因劳累过度突发心动过缓,急症住院并安置心脏起搏器,出院后又投入紧张工作中。更值得赞扬的是蔡映云同学,坚持投入监制工作一年多,全程处在疾病的治疗期间,品德高尚。视频修改初期,邱忠尧同学也曾参加这项工作。该碟片的封面是我们 1963 年入学时上海第二医学院的老大门。

编辑出版《我们这一辈医学人》

该书的启动始于我们毕业 40 周年之际,当时 69 届校友分会正在编写和录制从我们入大学到毕业后几十年的人生经历的视频片《我们走过的路》。此后大家意犹未尽,觉得有必要用文字的形式,表达我们这一辈人的难忘岁月和心路历程。于是校友分会组织同学撰写回忆文章。先后有十多位同学积极投稿,作品陆续发表在母校《校友之声》上,如林毅、曹承吉、杨萍君、徐瑾等同学撰写的回忆文章以及夏人霖同学的篆刻作品和徐大忠同学的致辞等。以后又有纪凤鸣、邰毅、桑俊、蔡映云和蔡圣荣等同学积极投稿,累计稿件有 12 件之多。

2016 年 10 月,理事会决定把上述材料汇集成册,并通过微信开展"大家来写书"的有奖征稿活动,号召大家继续写稿。终于收集到校友文章、诗词、绘画、书法、篆刻等稿件近 40 件。达到了书籍出版的基本要求。理事会决定交付上海交通大学出版社出版。

校友的每一篇文章写得都很生动感人,但根据当初有奖征文的提议,理事会以抽奖的形式,整个过程公平公正。结果为特等奖 1 名(童新辉);一等奖 1 名(施继凯),二等奖 2 名(黄平、伍鼎利),三等奖 3 名(蔡端、张真理、桑俊、郁毅）。其余作者和主要工作人员获纪念奖。特等奖为校友赞助的两人赴美国旅游往返机票，童新辉同学接受了该奖项，但慷慨地将机票款项全额（两万元）赠与分会，作为校友活动经费。其他奖品为校友赞助的颇具收藏价值的古代钱币、100 年前的信封和珍贵邮票。

为了让同学们有充分的交流时间，理事会决定在 2018 年 5 月组织一次海上邮轮旅游活动。该活动的部分费用由友人赞助，近百名校友参加活动。

十多年来来，我深深地感到，二医 69 届校友分会是一个温暖的大家庭，在这里，同窗们如沐春风、如鱼得水，尽情享受着人生的一大欢乐。感谢广大校友对校友分会的关心、支持和爱护，感谢历届理事会的各位理事所付出的辛勤劳动和无私奉献。并向赞助校友分会活动的各位校友表示衷心的感谢！按捐款时间顺序，他们是童新辉、李雅谷、林毅、应酉定、王子美、施继凯，还有夏人霖等同学。

往昔岁月

诗词作品

我们选择了这个职业

蔡映云

一样是战旗
红十字标记,染着血迹;
一样是战士
带着听筒和针管,不是枪支;
一样是战场
没有硝烟,却惊心动魄,慷慨
悲壮;
一样是战歌
鼓舞我们前仆后继,抵御强敌。
这是怎样的队伍
普通的公民像士兵一样去拼搏,
去厮杀,去献身;
这是怎样的工作
默默无闻,平凡无奇,
谱写的诗篇却如此壮丽。
朋友,让我们回答您,
我们是医护人员,
奋战"非典"是职业的要求,
人民的期望,

祖国的召唤,
我们义不容辞的责任。

我们选择了这个职业
也就选择了风险。
每当灾难发生,
无论是洪水、战争还是地震,
人们撤离的时候,
我们迎着灾难挺进。
今天在"非典"战场的第一线,
我们是最容易受感染的人群。
环境中病毒的密度最高,
逗留的时间最长,
与病人的距离最近。
防毒的面具
能过滤芥子气和沙林,
能不能过滤冠状病毒的变异体?
加厚的钢板
能抵挡枪炮的射击,

能不能挡住"非典"的侵袭？
我们吸进的是空气，
呼出的是爱心。
用热血去温暖病体，
用生命去换取生命。

我们选择了这个职业
也就选择了责任。
如果我们漏诊 1 例，
就可能感染 10 例，20 例……
如果我们误诊 1 例，
就会造成恐慌和不宁
在家庭、社区、学校或企业。
每一天的认真，
每一例的认真，
这是职业养成的习惯，
职业养成的风格，
小心谨慎，全面细致。
药物的不良反应，
操作的并发症，
有些可以预防或避免，
有些难以预防或避免。
用认真负责的精神，
丰富的医学知识，
熟练的操作技术，
把它们降到最低最低。

我们选择了这个职业
也就选择了辛苦。
病情就是命令，
病房就是战场。
不分白天黑夜，
不管春夏秋冬，
不分刮风下雨，
不管节日假期。
台历在诉说
诉说医务人员的足迹，
无论是三十，还是初一。
时钟在诉说
诉说医务人员的作息，
无论是深夜，还是黎明。
病史在诉说
诉说医务人员的心血，
无论是诊断还是治疗。
亲人在诉说
诉说亲人的奢望，
奢望节日能合家团聚。

我们选择了这个职业
也就选择了奉献。
我们奉献我们的身体，
以如此高的感染率
去亲身体验"非典"的痛苦经历。

我们奉献我们的精神
帮助病人摆脱恐惧，
鼓起胜利的信心和斗争的勇气。
我们奉献我们的知识和才能。
殚思极虑，
千方百计，
从死神手中夺回一个又一个
生命。
目光对目光的交流，
语言对语言的鼓励，
手势对手势的支持，
心灵与心灵的碰击。
像星辰照亮夜空，
像堤坝抵挡洪水，
像雨露滋润枯土，
像春风化解冰雪。

我们以"医护人员"这个名字而
骄傲，
因为我们参加了举国上下的抗击
"非典"的斗争。
人民必将赢得胜利，
这胜利
是病人的康复，
是一个个家庭的欢声和笑语；
这胜利
是社会的安定，
祖国的声誉；
这胜利
是人类的尊严，
是与疾病斗争历史上新的篇章
新的一页。

（2003 年 5 月 25 日发表于《文汇报》第 7 版，题为《选择》，手稿由上海档案馆收藏）

"非典"预防歌

蔡映云

不要怕，不要慌，非典肺炎可预防。

打扫卫生晒衣被，室内通风勤开窗。

气候变化增减衣，户外活动也重要。

咳嗽喷嚏清鼻后，及时洗手莫忘了。

营养休息和运动，增强体质病可防。

莫去人群密集处，以防病毒犯气道。

医院探视要减少，旅游活动选地方。

发热咳嗽有症状，及时就医得治疗。

医护人员作培训，提高警惕莫漏掉。

可疑病人要留观，疾控中心早报告。

定点医院收病人，消毒隔离要做好。

源头堵截防蔓延，接触人群要随访。

看护非典勤洗手，自身防护要保障。

帽子鞋套隔离衣，还戴眼镜和口罩。

全民重视政府抓，兼顾医疗和预防。

条条措施得落实，不让非典再猖狂。

（2003 年 4 月 14 日发表于《新民晚报》，手稿由上海档案馆收藏）

水调歌头·咏母校同学会

伍鼎利

金桂飘香时,清秋复莅临。故园华宴正盛,再叙旧友情。休忆春秋五十,莫谈风雨人生,可怜游子心！母校育英才,天涯客思深！

觞高举,豪气存,竞笑音！环顾同窗,众侣何惧华发新！互道流年珍重,常愿青山长存,须防霜露侵。但愿人长久,岁岁醉中吟！

沁园春·怅别故园

伍鼎利

倒却金樽无绪,可怜壮志柔情。被上海滩头,江潮弄梦,白渡桥畔,冷月无声。万里关山,请缨巴蜀,漫使高堂白发新。这时节,正人间天上,愁损离人！

依依杨柳长亭,挽往日弦歌回首听。是春风桃李,纵横意气,少年经纶,裁剪风云。莫道而今,骊歌西去,流水高山少知音。看此去,遍四海天下,谁不识君！

永遇乐·又是蜀国中秋夜

伍鼎利

清风拂面，花影疏斜，明月何处？流光过却，韶华逝去，憔悴人如许？四十余载，宦海沉浮，几度搏击风雨。俱往矣，欲说还休，怅望故园归途。

又遇中秋，金樽待月，笑语戏问众侣？书生情趣，童心依然，谁谓吾老去？愿君强健，茶甘饭软，何惧华发无数！再相约，白首相聚，十年依旧！

念奴娇·送别

伍鼎利

依依长亭骊歌行，谁怜壮志柔情。
春风桃李梨花梦，老却了游子心。
数度春秋，满身风露，镜里华发新。
慷慨生哀，缀诗应贻知音。

依然书生情趣，轻哂俗流，冷眼观风云。
看天涯东风吹遍，偿却夙愿雄心。
珍重来年，长风破浪，听巴蜀佳音。
寄语金樽，何时兴会共吟。

书法作品

空山新雨後天氣晚来秋明月
松間照清泉石上流竹喧歸浣
女蓮動下漁舟隨意春芳歇
王孫自可留　王維　山居秋暝詩
丁酉年春嚴世平

严世平　书

山居秋暝

唐·王维

空山新雨后,天气晚来秋。

明月松间照,清泉石上流。

竹喧归浣女,莲动下渔舟。

随意春芳歇,王孙自可留。

远上寒山石径斜，白云生处有人家。
停车坐爱枫林晚，霜叶红于二月花。

杜牧 山行 严世平书

山 行

唐·杜牧

远上寒山石径斜，白云生处有人家。
停车坐爱枫林晚，霜叶红于二月花。

松下问童子，言师采
药去，只在此山中，云
深不知处

录贾岛诗

丙申冬 严世平

严世平 书

寻隐者不遇

唐·贾岛

松下问童子，言师采药去。

只在此山中，云深不知处。

毕竟西湖六月中风光不
与四时同接天莲叶无
穷碧映日荷花别
样红　杨萬里诗
岁次丙申冬严世平

严世平　书

晓出净慈寺送林子方

宋·杨万里

毕竟西湖六月中,风光不与四时同。

接天莲叶无穷碧,映日荷花别样红。

篆刻作品

锦绣山河 （夏人霖治）

相思又一年 （夏人霖治）

油画作品

百花齐放 （施继凯 1996 年作）

斯德哥尔摩老城区 （施继凯 1997 年作）

国画作品

花艳蝶舞 （张真理 2014 年作）

源远流长 （张真理 2015 年作）

校友风采

自2001年69届校友分会成立以来，下列八位同学先后向分会捐款（图片顺序按捐款时间排列），从而为校友开展活动提供了资金支持。

童新辉

李雅各

林毅、杨爱伦夫妇

夏人霖

应酉定

王子美

施继凯

蔡映云为书迷签名和题词

蔡端（右二）等"四代同堂"

陈统一和陈中伟

毕业40周年返校同学合影

似水流年

1965年1小班同学在上海长风公园合影。（从左起）前排：陈长兴、张心泰、丁国卿、王国梁、王时吉、卢宏照；中排：缪鸿儒、杨月明、谢玉娣、谢元芳、郁燕萍、侯云凤；后排：李秉国、顾一松、叶绿、沈慰曾、钱美玲、宋佳华、邵柏生、郁小明

1991年秋、1小班部分同学在瑞金医院灼伤科大楼前合影。（从左起）前排：马君芳（老师）、谢玉娣、钱美玲、侯云凤、谢元芳、沈慰曾、叶绿；中排：张心泰、缪鸿儒、卢宏照、郁小明、王时吉、李秉国；后排：陈长兴、邵柏生、俞云泉

1969年2小班同学在中苏友好大厦（现上海展览中心）前合影。（从左起）前排：盛妲莉、张晓光、陆生九、盛菊芬、陈理明；中排：严世平、余亚男、洪福良、朱学嶽、赵希鸿、朱良芳；后排：谭清和、宋英杰、方大雄、吕龙荪、王荷生

2009年10月17日2小班部分女同学在盛菊芬家合影。（从左起）朱良芳、张晓光、赵希鸿、钱湘漪、盛妲莉、严世平、徐美玲、张真理、盛菊芬

1964年5月3小班同学在二医操场合影。（从左起）前排：胡琦志、黄增安、姚锦花、彭雅芳、方荷兰、徐美玲；中排：徐新根、佘幼伦老师、陆守娴、周坚、刘玉莲、丁勇、徐振国、范钦仁；后排：吴德安、徐庸定、季明、徐镇平、李良才、陆道基、奚友耿

2011年1月9日3小班同学在上海南京路新世界饭店相聚。（从左起）前排：刘玉莲、彭雅芳、徐美玲、陆守娴、丁勇、方荷兰；后排：徐新根、季明、徐镇平、徐振国、吴德安

毕业前夕4小班部分同学在母校老红楼前合影。（从左起）前排：曹佩芝、沈光新、沈永芳、韩叶娣、叶胜玉、徐荣华；中排：邬毅、江兰娣、尹端六、叶丽珊、纪凤鸣、丁明、徐美娟；后排：魏祖德、沈庆歌、钱一心、曹承吉、郑仲安

今天的全家福（一）

2017年4小班同学在"老人和饭店"相聚。（从左起）顾雅谷、钱一心、江信昌、汤百伟、邬毅、沈光新、纪凤鸣、魏祖德、曹承吉、徐荣华、尹端六、韩叶娣、叶丽珊

1965年5小班在母校合影。（从左起）前排：许建栋、镇江医学院张先生、赵国华、邱志伟、王晓华、聂鸣明、顾德泰、史家栋；中排：张世玲、陈家庆、吕爱萍、指导员沈宝玉、赵振飞、袁公约、张惠民；后排：朱静华、王瑾、李理平、张梅心、陈国芬、魏冰清、包伟明

2017年10月5小班部分同学在上海相聚。（从左起）前排：吕爱萍、张世玲、王瑾、王玉、王晓华；后排：赵国华、史家栋、邱志伟、赵振飞、许建栋

1964年12月6小班同学在二医老红楼前合影。（从左起）前排：陶尔斐、王昌夏、微生物进修老师、张华莲、汤士琴；中排：胡觉文、王家珍、沈永芳、俞佩蓓、任美珠、王玉、曹佩芝；后排：李长青、吴赐华、姚进、王文卿、张逸彦、陈洪祥、顾学安、郑仲安、杨志祥

2017年2月6小班同学在上海相聚。（从左起）前排：任美珠、王玉、李长青、张逸彦；后排：张华莲、姚进、俞佩蓓、王昌夏

1964年7小班同学在上海长风公园合影。（从左起）前排：吴志美、金明娟、陈善宛、孙桂芝、王玲华、张敏、徐瑾；后排：张柳辉、何振甫、谢懋功、顾中浩、于金德、朱有才、胡泰山、姜肇祥、李炳琳、陈诗经、沈伯荣、张佩佩、桑俊、薛曼朗

2017年4月7小班部分同学在无锡聚会。（从左起）前排:薛曼朗、王玲华、吴志美、邰毅（桑俊爱人）、张柳辉、姚建藩（张柳辉爱人）；后排：周慧（朱有才爱人）、陈诗经、盛妲莉（李炳琳爱人）、沈伯荣、桑俊、金明娟、张敏、徐瑾、朱有才、顾中浩、李炳琳

1964年8小班部分同学在二医老红楼前合影。（从左起）前排：徐慧君、周涵春、张美云、欧阳月莲、陈文雅；第二排：刘玲珍、肖慧英、朱晴、徐肇扬、斐广兰、屠宁之、黄淑仪、郑尚中；第三排：徐大忠、计连昌、侯锡成、代课教师、范伟达、杨延坤、第四排：凌建煜、童伟、张永平、金承杰、陈华规

2017年8小班部分同学在二医聚餐。（从左起）前排：侯锡成、凌建煜、童伟、金承杰；后排：黄淑仪、陈文雅、张美云、周涵春、朱晴、郑尚中、肖慧英

1964年9小班同学在上海莘庄劳动时的合影。（从左起）前排：张嘉中（杨缨）、袁亚中、庄治珍、过一敏、屠宁之老师、杨小毛、卜光炜、沈敏、施静秋、沈以玲、沈美愉、谢雅芬；后排：张云龙、蔡端、庞云鳌、谢懋功、阮志栋（阮峰）、童建孙、薛林候（林毅）、金宏深、张老师（微生物教研技术员）、董瑞鼎、谭德耀

国际会议中心大堂
2001.4

2001年9小班部分同学在上海国际会议中心聚会。（从左起）蔡端、林毅、卜光炜、屠宁之、沈以玲、沈敏、杨缨、谭德耀

1964年10小班同学在上海人民公园合影。（从左起）前排：陈恩生、阎天德、周令芳、王锡娥、李湘云、沈湘君、钱杏芬、郑亚路、吴平元、周莉福、老澍涟；后排：蔡端、张希正、顾仲、杨振羽、王大铮、姚建藩、孙克箕、张圣义、陶正浩、冯守道

2014年4月10小班部分同学在上海相聚。（从左起）前排：吴惠芬（张圣义夫人）、陈恩生、王锡娥、沈湘君、郑亚路、周令芳、钱杏芬；后排：张圣义、王大铮、杨振羽、顾仲

1963年11小班同学在上海桂林公园合影。（从左起）前排：苏能裕、沈昌礼、戚文骥、黄耀德、方海林、张乐君、季宗杰；中排：黄锡义、黄 平、杨国民；后排：邵根山（指导员）、蒋丽妹、杨美丽、陈少秋、毛小平、侍庆、沙玲君、韩锦明、吴蕴珍

1999年毕业30周年11小班同学在老红楼前合影。 （从左起）前排：杨萍君、李晖、范彩霞、杨践、张瑛芳、赖宗礼、高秋霞；中排：蒋丽珠、刘安娜、徐婉梅、徐燕琴、周尔后、乐丽珍、关剑文、马积恒、马珊陵、郑德蓉；后排：王锡全、李雅谷、陈毓庆、王宇森、范思昌、王守忠、杜宽航、章明全、韩凯定、童新辉

1965年12小班同学在上海豫园合影。（从左起）前排：李诗龄、李雅谷、王守忠、童新辉、范思昌、韩凯定、邵根山（指导员）、邱忠尧、蔡国文、蔡朱男；后排：胥惠銮、马慧玲、杨萍君、张启菁、陆琦、俞咏蓓、徐玲、刘安娜、董兆芳、赵芹芳、李吉娣、陈统一

2001年7月12小班部分同学在上海聚会。（从左起）前排：胥惠銮、董兆芳、马慧玲、刘安娜、俞咏蓓、张启菁、杨萍君、徐芝萍；后排：范思昌、韩凯定、童新辉、王守忠、陈统一、邱忠尧、陈洪祥

1963年丙大班（13班）同学在上海长风公园合影。（从左起）前排：王茂桃、关剑文、陈渝嘉、乐丽珍、马慧玲、陆琦、张启青、赵芹芳、杨美丽、杨国民；中排：徐婉梅、黄雅琴、鲍美兰、金美玲、陈少秋、侍庆、郑德蓉、胥惠銮；后排：倪海根、苏能裕、季宗杰、戚文骥、黄耀德、杜宽航、陈毓庆、邵根山（政治指导员）、邱忠尧、蔡国文

2018年丙大班（13班）部分同学在上海相聚。（从左起）施继凯、郑德蓉、王宇森、倪海根、高秋霞、胡岳棣、张瑛芳

1964年14小班同学在上海人民公园合影。（从左起）前排：马积恒、蔡映云、孙中光、严玉林、李荣民、王茂桃、徐婉梅；后排：张中慧、郭雪梅、乐丽珍、周文莲、金美玲、李晖、马珊陵、黄雅琴、关剑文

1999年14小班部分同学相聚于母校。（从左起）前排：范彩霞、马珊陵、马积恒、徐婉梅；后排：徐燕琴、李晖、关剑文、乐丽珍、龚鼎铨

1964年并班前的15小班部分同学在二医老红楼前合影。（从左起）前排：王定一、朱佩娟、薛佩芳、吕纬（老师）、阮芳菁、单惟明、邱森南；中排：李慧、董慧芬、陈晓玉、庄薇君、马永珠、蒋达胜；后排：应酉定、宣祝清（政治指导员）、沈守恩、符仁义、程伟民、王开洲、张伟利、夏汉德

1966年新华医院并班后的15小班部分同学的合影。（从左起）前排：邱森南、单惟明、朱佩娟、汪惠珍、伍鼎利、周振妮、薛佩芳、何慧珍、胡素娟；中排：程伟民、范国荣、夏汉德、庄薇君、李　慧、陈晓玉、马永珠、阮芳菁、董慧芬；后排：王定一、张伟利、沈守恩、苏鸿波、左劲夫、符仁义、邢陇平、王开洲、蒋达胜

1964年4月16班同学欢送南通进修老师在母校老红楼后草坪上的合影。（从左起）前排：吴秀华、石金凤、施美仪、胡素娟、周允惠；第二排：汪惠贞、陆尧萍、周振妮、陆逸仙、顾文秀、伍鼎利；第三排：胡伟恩、乐加宇、徐春阳、老师、老师、邢陇平、范国荣；第四排：薛兴邦、杨裕国、左劲夫、苏鸿波、周鸿烈

1965年6月二医党委书记关子展等领导看望下乡劳动的16小班同学（莘庄公社莘光大队）。（从左起）前排：胡素娟、吴秀华、周允惠、施美仪；第二排：陆尧萍、陆逸仙、周振妮、汪惠珍、石金凤、伍鼎利；中排：关子展书记及其他校领导；后排：公社干部、薛兴邦、杨裕国、胡伟恩、左劲夫、陆加宇、徐春阳、周鸿烈、范国荣

1965年17班部分同学在瑞金医院产科大楼前草坪合影。（从左起）前排：汤世娜、杨毅文、缪正妹、范颖、王士琼、陈红娟、钟美萍；中排：顾爱娣、李莉、王文娣、许老师、金秀芳、舒佩娣、邹复珍；后排：田明耀、倪健儿、胡炳根、蔡圣荣、林融祥、许正铭、赵一方

2012年母校60周年校庆17班部分同学在二医东院花坛前合影。（从左起）前排：王文娣、李莉、钟美萍、舒佩娣；中排：汤世娜、邹复珍、金秀芳、缪正妹；后排：田明耀、倪健儿、陈红娟、蔡圣荣、陆尧萍（16班）、范颖

1964年10月18班和16班部分同学在二医操场合影。（从左起）前排：姜申夫、蔡幼铨、徐伽初、李大伟、周鸿烈；中排：吴永义、乐加宇、瞿维钧、李金法；后排：周允惠、胡元珊、刘竹颖、赵庆元、戴耀华

2018年2月22日18班部分同学在上海930餐厅合影。前排：赵庆元；中排（从左起）：李金法、施美仪；后排（前至后）：诸曼丽、瞿维钧、朱福妹、张蓉娟、徐伽初、邹似平、李大伟

1964年19小班同学在上海西郊公园合影。（从左起）前排：沈良玉、张丽兰、张德庆、付继英、；中排：陈胜利、顾小妹、钱溶霖、王庆；后排：朱哲、杨锦明 施耀明、陈宝祥、曹梦龙、吴甫恩、朱也森

2009年10月19小班同学毕业四十周年相聚于母校。（从左起）前排：蒋传芳、陆锦媚、陆明（指导员）、陈胜利、顾小妹；中排：王金阳、付继英、包铭慈、王庆、玉子美、葛清筠、徐明珠；后排：郭大锁、陈其明、施耀明、徐国祥、沈子坚、吴甫恩、朱哲

1963年20小班部分同学在二医分部合影。（从左起）前排：张淑华、睢重璇；后排：张展堂、徐国祥、缪锦生、周冠一

2009年20小班部分同学在新雅酒店聚会。（从左起）前排：王子美、蒋传芳、张淑华、葛清筠；中排：陈其明、王金阳、沈子坚、缪锦生、施小谷；后排：徐国祥、胡文熊